俺をソファとローテーブルの間に追い詰めて、底光りする目を向けてくる。
「俺がいないときに抜け駆けされるなんて、そんなのないと思わない?」

illustration by CHIHARU NARA

VIPルーム～魅惑《みわく》の五角関係《ごかくかんけい》～

バーバラ片桐
BARBARA KATAGIRI

イラスト
奈良千春
CHIHARU NARA

Lovers Label

CONTENTS

【一】


「は……っ」

喉《のど》から、自分のものとは思えないほどの甘ったるい声が漏《も》れた。

複数の手が、俺の全身の敏感《びんかん》なところを探し出しては、絶妙《ぜつみょう》な強弱をつけて刺激してくる。舌《した》や唇《くちびる》まで総動員しての愛撫《あいぶ》に、身体がびくびくと跳《は》ね上がった。

特にろくでもないのは、一番の弱点であるペニスをすっぽりと喉の奥までくわえこまれていることだ。いくら男相手は嫌だと心の中で叫《さけ》んでみても、そこから流れこむ刺激は遮断《しゃだん》できない。

「つぁ、……っふ、ふ……っ」

唾液《だえき》をたっぷりとからめて吸い上げられるたびに、腰がつられてせり上がる。気が遠くなるほどの悦楽《えつらく》に、意識が根こそぎ押し流されそうになる。

身体の後ろで一つに結ばれた腕に力がこもるたびに、ネクタイが手首に食いこんだ。

どんなに暴《あば》れようとも、大の大人三人がかりで仰向《あおむ》けに押さえこまれているから、身体を起こすことすらかなわない。なされるがままに、昂《たかぶ》らされていくばかりだ。

——何で、……こんな……ことに……。

狂《くる》おしい快感《かいかん》に満たされて、俺は正気を取り戻そうと唇を噛《か》む。

妙齢《みょうれい》の女性だったら狙《ねら》われるのが納得できるが、俺はバツイチの三十男だ。顔立ちは平凡《へいぼん》で、これといった性的アピールもない。

二年間のハローワーク通いで貯金を根こそぎ失い、アパートに帰ればただ眠るだけの毎日だった。自分はそろそろ、この世にいなくてもいい人間なのかもしれないと、ハローワーク通いをしているときには何度も思い詰めた。今でも、そのときに感じた無力感は消えない。

なのに、どうしてこんなふうに男たちによってたかって身体を押さえつけられているのだろうか。ぼやけた視界に見えるのは、ヒゲを蓄《たくわ》えたダンディなオーナーの顔だ。

ここは俺の勤務先である銀座の高級クラブ、『イデア』のVIPルームだ。床に敷かれた絨毯《じゅうたん》が、剝《む》きだしの背中や太腿《ふともも》の裏側をチクチクと刺激してくる。こんなふうに全裸《ぜんら》でカーペットの上に転がったことはなかったから、この絨毯の高級さを肌で体験することもなかった。

俺はここに、バーテンダーとして三ヶ月前に雇《やと》われた。さすがは銀座の高級クラブだけあって、フロアには極上の容姿のホステスが揃《そろ》っている。

――なのに、どうして俺が……。

「は、……は……っ」

達しそうな予感に、ぶるっと腰が震《ふる》えた。

いくら男の口でなんかイクかと意地を張ってみたところで、口腔《こうこう》の熱さに取りこまれそうだ。

俺を取り囲んでいる男たちは、二週間に一度、このVIPルームで会合を開くオーナーの高校時代の同級生たちだった。

どれもパリッとしたスーツ姿で、身なりからも酒の選び方からも、ふんだんに金を持った社会的ステイタスの高いエリートだと伝わってくる。だが、彼らが見かけ通りの人間でないことを、俺は気づいていた。

――裏社会とか、……っ、悪徳弁護士《あくとくべんごし》とか、そういう非合法に関わっている男たち。

法律の穴や矛盾点を上手に利用して、ギリギリの商売をしている、狡猾《こうかつ》さが感じられた。

このＶＩＰルームは、心を許し合ったかつての同級生たちの、ろくでもない情報交換の場として機能していた。

――箝口令《かんこうれい》を敷いてる。……彼らの会合があるとき、ＶＩＰルームに入れるのは、俺だけだ。

いかにも金を持っているハンサムなエリートだから、上客として彼らを取りこみたいホステスは大勢いた。だが、入室を許されているのはバーテンダーの俺に限られる。

最初に呼ばれた後に、オーナーに言われた。

「ここで耳にしたことは、絶対に他で言ってはいけないよ」

そんな言葉とともに渡された一万円の高額チップが、口止めを兼ねていると薄々《うすうす》察していた。

漏れ聞こえる会話から、ヤバさが伝わってきたからだ。もうじき大規模な警察《けいさつ》の手入れがあると、参加者の玲二《れいじ》が話していた。危険ドラッグにからんでの動きらしいが、その取り締まりについての詳しい情報を、玲二は持っていた。

「だから、あのあたりには近づかないほうがいいな。下手《へた》すると、巻きこまれるから」

ソファに腕を引っかけて、玲二は王様か大富豪《だいふごう》でもあるかのように悠々《ゆうゆう》としたポーズで告げた。

それから長い足を組んで、億劫《おっくう》そうに発した言葉が、今でも耳の奥に残っている。

「危険ドラッグの強制的な調査は、これからますます強化されるはずだ。だけど、それが手に入れにくくなったところで、中毒者《ちゅうどくしゃ》は残る。そんなやつらに、どんなふうにドラッグを提供できるかで、これからの歌舞伎町《かぶきちょう》の力関係が変わる」

その後の会話の中で出てきた『日本海ルートのダスト』というのがヘロインを指す言葉だと、俺はたまたま見た報道番組によって知っていた。玲二はその後、中毒者にどんなふうに覚醒剤《かくせいざい》を売りこむのか、驚《おどろ》くほど饒舌《じょうぜつ》に語り始めた。

そのとき、つり上がった一重《ひとえ》の目が、恍惚《こうこつ》の光を浮かべていた。

「こうすれば、ボロ儲《もう》け」

スリルをこよなく楽しんでいるような、危険な表情だった。玲二がそのような世界の中で生きていることを感じ取って、俺の心臓《しんぞう》が警戒《けいかい》にきゅううっと縮《ちぢ》む。

「……扱《あつか》ってるんですか、覚醒剤を」

思わず、そんな言葉を口走っていた。

彼らが、驚いたように俺を見た。

テーブルを整理しに来たバーテンダーが、余計な口だしをしてはいけないのだとわかっている。俺に期待された役割は見ざる聞かざるのロボットのようなものなのだと。先日高額のチップをオーナーから貰《もら》ったばかりだというのに、考えるよりも先に口が動いていた。

だが、そんな俺に玲二は動じずに、ニヤリと笑いかけた。

「――誰にも言うなよ。わかってるだろうな。俺たちは、おまえの真面目そうで口が固そうなところを見こんだんだから」

そんなふうに見こまれても、困る。

俺は昔から、単純で実直な人間として生きてきた。前職でもひたすら『誠意で商売をしろ』と社長に叩《たた》きこまれた。

――それに、犯罪《はんざい》は怖い。

そんな思いがある。いつ罪《つみ》が暴《あば》かれるかという恐怖《きょうふ》や罪悪感《ざいあくかん》に、耐《た》えられない。気圧《けお》された俺をチラリと眺《なが》めて、物騒《ぶっそう》な言葉で脅してきたのは瑞樹《みずき》だ。

「玲二に目をつけられたら、気づけば東京湾《わん》に浮かぶぜ」

「浮かぶはずないだろ」

「ああ。浮かばない。その代わりに、ドラム缶《かん》だ」

口を挟《はさ》んできたのは、今井《いまい》だ。

そこまでの危険人物なのかと、俺はあらためて玲二を見る。元々彼は、どこかカタギではない匂《にお》いを漂《ただよ》わせていた。

――会社員にしては目が鋭《するど》すぎるし、……スーツも、ワイシャツも、色合いが一般的じゃない。

ねずみ色のドブネズミスーツと一般的には揶揄《やゆ》されていても、サラリーマンとしてある程度勤めれば、一番無難《ぶなん》な服装に落ち着く。

だが、玲二がその日、身につけていたのは、ダークブルーの細身のスーツに、紫がかったシルクのワイシャツに、光沢《こうたく》のあるネクタイだった。夜の街では垢抜《あかぬ》けて見える服装だが、こんな格好でオフィス街にいたら浮くはずだ。

「まさか、……警察勤務とか、麻薬取締官《まやくとりしまりかん》ってわけじゃないですよね？」

そちら側の人間の可能性もあるかもしれないと一応尋ねてみたが、途端《とたん》に玲二は破顔《はがん》した。

「警察？　そんなの、絶対にない」

「玲二、警察大嫌いだよな」

は完全に変わった。

「むしろ、敵対する側っていうか？」

「ま、あんま詮索《せんさく》しないでくれ」

オーナーが口を挟んできたのでその話題はそこで打ち切られたが、その時から俺が彼らを見る目は完全に変わった。

――その後の話題も、完全にヤバかった。

歌舞伎町を仕切るヤクザの勢力図とか、素人《しろうと》のインターネットによる薬物販売の危険性とか、先日捕まった麻薬の売人の男の量刑などに話題が及《およ》んだあげくに、どうすれば量刑を軽くごまかせるか、について、彼らは具体的に情報交換していた。いかにも現実的に使えそうな知識ばかりだ。

彼らの会話を耳にするたびに、俺は震え上がった。

政治家の裏献金《うらけんきん》やゼネコン汚職《おしょく》などについても、彼らは楽しげに話していた。異様なほど裏の手口に詳しく、こうしたほうが法をかいくぐれる、といった話題が具体的すぎた。

それが単なるヨタ話でないことは、裏献金でそろそろヤバい、と指摘《してき》されていた政治家が、数日後に逮捕《たいほ》、起訴《きそ》されたニュースによっても、証明《しょうめい》されていた。

――俺、黙《だま》っててもいいわけ？

時折《ときおり》、そんなふうに自問することもある。

それでも、彼らが情報交換しているのは犯罪《はんざい》の具体的な手口や現況《げんきょう》ばかりで、自分がそれに関わっていることまでは話さない。いくら口止めされていても俺が警察に駆けこむことを警戒しているのかもしれなかった。

俺にしっぽをつかませることはなかったが、彼らが犯罪に禁忌感《きんきかん》を持っていないことは、その口ぶりから伝わってきた。

「あいつの手口は最低だな。すぐにバレる。どうせなら、九年前の錦糸町の一家殺害《さつがい》ぐらいに、証《しょう》拠《こ》も痕跡《こんせき》も残さずにやらかせばいいものを」

そんな物騒なことを言い出したのは、やはり玲二だった。その日の朝、その殺人事件の類似事件が起きて、あらためてその事件について大きく報じられていたからだ。その言葉にうなずいた瑞樹が、グラスを傾《かたむ》けながら囁《ささや》いた。

「錦糸町の事件、犯人は海外にいるんだろ」

「香港《ホンコン》だよ」

口を挟んだのは、今井だ。住所まで把握《はあく》しているような口ぶりだった。

彼らのその情報網《じょうほうもう》は、いったいどこからなんだろう。そこまで知っているのなら何故通報しないのか、俺には理解できない。

それでも、俺がＶＩＰルーム担当を続けていられたのは、オーナーが同席していたという理由が大きかった。それに会話はともかく、彼らには無邪気《むじゃき》なところがある。たまに飲み過ぎてぶっ倒れては、俺に膝枕《ひざまくら》してと甘えてくる愛嬌《あいきょう》があった。

酔っぱらいの世話をするのにも慣れた。二日酔いの苦しさもよく知っていたから、出来るだけ楽になれるように、水や薬を飲ませて、頭を冷やすものを運んでは必要に応じて背中をさすったりなど、すっかり世話が身についてしまった。

せっかく見つけた職場だ。彼らの素性《すじょう》や話の内容には問題があったが、それでも俺をわざわざ指名してくれるのだから、店を出来るだけ居心地のいいところにしたいと思えるようになった。

だから、俺は裏方に徹《てっ》することにした。

それに、これくらいで職場を変えるわけにもいかない事情もある。

二年前に、カタログ通販会社をクビになっていた。ほぼ同時に、大好きだった妻の浮気もわかって離婚となった。料理も家事も苦手な妻だったが、それでも俺のことを好きだと言ってくれただけで満足だった。それに、俺の娘を産んでくれた。

だが、その娘の養育権は元妻に奪《うば》われた。そうなったときに、自分はからっぽなのを知った。

またこの職場から放り出されたら、次の職場を見つける前に俺は、この世につなぎ止める錨《いかり》のようなものを見失ってしまうかもしれない。無職の日々は、それくらい俺の心をむしばんでいた。

水商売は初めてだったから、仕事を覚えるだけで必死だった。

だからこそ、ＶＩＰルームの彼らが俺を性的な目で見ていたなんて、押し倒されるまで気づかなかった。

たまに口説《くど》かれるような言葉を口にされていたが、冗談だと思っていた。男っぷりがいい彼らだ。女に不自由しているとは、到底思えない。

彼らは三十過ぎの俺より、五つ年上だ。全員、元空手部なのだという。組み敷くのが上手なのはそのせいかと、頭の片隅《かたすみ》で考えた。

「ふぁ、……ぁ……っ」

そのとき、俺の体内をぐちゃぐちゃと掻《か》き回していた指が抜けていく。

「気持ちいい？　悦《い》い顔してるね」

俺の足を抱えこみながら甘く微笑《ほほえ》みかけてきたのは、瑞樹だ。彼らは学生時代のあだ名で呼び合うから、フルネームは知らない。どんな理由があってか、支払いにカードを使うこともない。

瑞樹は派手《はで》な雰囲気《ふんいき》を持った、綺麗《きれい》な男だった。あの女優は枕《まくら》営業だの、あのプロダクションはヤクザとつながっているだの、あの大物司会者は近いうちに引退に追いこまれるだのと、芸能界方面の噂《うわさ》にやたらと詳しい。

彫《ほ》りの深い二重《ふたえ》の目が印象的な、水も滴《したた》るような男っぷりだったから、最初はホストでもしているのかと思っていた。だが、本職はおそらくアダルトな動画配信だ。借金まみれになった女をどのように裏ビデオ出演まで追いこむのか、玲二に聞かれるがままに詳しく説明していたことがあった。『うちのプロダクション』とも言っていたから、おそらく自分の芸能プロでも持っているのだろう。

やたらと俺を口説いてきたのは、この瑞樹だった。

恋人はいる？　とか、男と付き合ったことある？　などと、ことあるたびにびっくりするほど顔を寄せられ、意味ありげに囁かれた。至近距離に置かれた顔がひどく整っていることに感心させられたが、全ては酔っぱらいの戯言《たわごと》だと受け流してきた。

だが、まさかこんな日が来るとは想像もしていなかった。

こんなふうに俺が押し倒されるきっかけとなったのが、瑞樹だ。

昨日の夜、店で酔いつぶれた客がいた。そんなとき、客の面倒を最後まで見るために残るのは、いつしか俺の役目となっていた。昨日もそのために終電を逃《のが》して、自宅までのタクシー代が惜しかったから店に泊まりこむことになったのだが、吐瀉《としゃぶつ》物で制服を汚してしまった俺に、オーナーが着替えを貸してくれたのだ。

普段、俺が店で身につけているのは、バーテンダー用のカマーベストと白シャツに、細身のスラックスだ。それに、蝶《ちょう》ネクタイを合わせている。だが、替えの制服をクリーニングに出していた。困っていたところに居合わせたオーナーが、自分の服を貸してくれたのだ。

「今日は、これで店に出ろ」

渡されたのは、黒のシックなスーツの上下に、ダークカラーのシルクシャツだった。ネクタイも似合うものを選んでくれた。いつものバーテンダーの服とはかなり違っていたが、マネージャー風でいいかもしれない、とオーナーは爽《さわ》やかに笑った。

長身で肩幅《かたはば》の広いオーナーほど格好いい身体つきではなかったから、俺に着こなせるかと心配だったが、肩が少し余ったぐらいでサイズはどうにかなった。

いつもＶＩＰルームに集まるのは、オーナーを含《ふく》めて四人だ。瑞樹に玲二、そして、今井。同窓会で再開したのをきっかけに、こうしてたまに会うことになった、と聞いた。

今日のＶＩＰルームは今井が仕事が大詰めということで姿を見せなかったが、その不在が気にならないほど、ろくでもない密談《みつだん》で盛り上がり、そろそろお開きという雰囲気が漂っていた夜中すぎのことだ。

いつになく酩酊《めいてい》してトイレから戻ってきた瑞樹が、俺がソファの前で膝《ひざ》をついて差し出したおしぼりを受け取りながら、不機嫌《ふきげん》そうに眉《まゆ》を寄せた。

「それ、後藤《ごとう》の服だよね。おまえ、あいつとできてたの？」

後藤というのは、オーナーの名だ。ハンサムな瑞樹の目が、俺の心でも見抜こうとするようにすうっと細められた。今日の瑞樹は、何だか少し荒《あ》れていた。

「え？　いや、そんなまさか」

俺は信じられない誤解を受けたことに、笑った。

服を借りただけだ。だが瑞樹はそれで納得できないらしく、執拗《しつよう》にからんでくる。

「あいつ、服にはこだわりがあって、シャツの一枚も他人に貸したことはなかったはずだぜ。前に俺が酒浴びてぐしょ濡《ぬ》れになったときにも、そのまま帰らされた。そんなあいつが、お気に入りのスーツを一式貸すなんて、何かあったと思うのが当然だ。そのシャツもネクタイも、わざわざイタリアまで買いに行ったものだし」

「え?」

オーナーがそこまで服にこだわりがあるとは、知らなかった。確かにやたらと垢抜けて、絵になる姿だが、今朝は何でもないことのように一式貸してくれた。

「だから、そういう仲としか思えないんだけど」

視線は外《はず》されなかったが、かなり酔っぱらっているようで瑞樹の目つきや動きがしどけない。

瑞樹の長い睫《まつげ》に縁取《ふちど》られた目から、執着《しゅうちゃく》めいた光が感じ取れた。こんな熱い目で見つめられたら、女性だったら恋に落ちるのかもしれない。酒臭《さけくさ》い息が頬《ほお》にかかっても俺はそんなふうに他人ごとのように思うばかりで、危機感など覚えずにいた。

「どうもこうも、単なる従業員とオーナーですが」

「だったら、そのスーツ脱《ぬ》げよ。あいつと、そういう関係じゃないって言うのなら」

俺の前に屈《かが》みこんだ瑞樹が、いきなり俺のネクタイをつかんで乱暴《らんぼう》に引っ張った。

「ちょ……っ」

とりあえず客には逆らってはいけないと思っているうちに、ソファのない場所まで引きずられ、もみ合っているうちに絨毯に仰向けに押さえこまれてしまう。

瑞樹は俺の腰に馬乗りになってから、緩《ゆる》めたネクタイを手つきで抜き取った。その手際《てぎわ》の良さが、尋常《じんじょう》じゃない。さらに、スーツのボタンもあっという間に外されていく。

「後藤のもんじゃないのなら、こんな服着るな。今度、俺が一式、上から下まであつらえてやるから」

オーナーとはそんな仲ではない。オーナーには深い感謝の念を抱いていた。

オーナーと出会ったのは、地下鉄につながる地下街だ。酔って壁際《かべぎわ》にうずくまっていたオーナーに気づいて介抱《かいほう》し、その礼として後日、食事に誘《さそ》われた。俺は困っている人を見捨てていけないだけだったが、オーナーはその恩を深く感じてくれたらしい。しみじみと語られた。

『二日酔いで動けなくなってみて初めて、都会の人間の冷酷《れいこく》さに気づいた。みんな、私を空気みたいに無視して歩いていくんだ。助けを求めても、聞こえないフリをされた』

『厄介《やっかい》ごとに関わりたくないんでしょうね。でも俺は、暇《ひま》でしたから』

仕事が見つからずに、ハロワーク通いをしているのだと、俺は苦笑混じりに説明した。柔《やわ》らかで包容力《ほうようりょく》のあるオーナーと話をするのは気持ちがよく、こんな人の元で仕事ができる人は幸せだろうと思った。もちろん、そんな思いは口に出すことはできなかったが、別れ際にオーナーから、うちで仕事をしないか、と誘われた。

そんな職場で瑞樹に押し倒されても、俺は酔っぱらいにからまれたという認識しか持てない。

スーツを脱がされるときには、協力さえした。下手にあらがって、オーナーの服に修復不可能なダメージを与えたくなかったからだ。イタリア製の特別な服だと教えられたばかりだ。しかも、わざわざ現地まで買いに行くほど大切な服らしい。

スーツの後にシャツも脱がされ、さらにはスラックスも引き下ろされる。

最後には下着一枚にされたが、俺は辟易《へきえき》しながら瑞樹を見上げるだけだった。

男が下着姿にされたところで、さして危機感があるはずもない。何時間も続いた立ち仕事の後で、こんなふうに床に身体を投げ出すのは気持ちがいいとさえ思えた。

そんな俺の顔の横に、瑞樹が両手をつく。

「そんな無防備な顔して。俺が、このまま何もしないと思ってる？」

のぞきこむその目に、何やら切実な光を感じ取る。

だけど、こんな綺麗な男が俺に特別な思いなど寄せるはずがない。そもそも同性同士だ。

「え？　……ええ、まぁ。俺なんかより、よっぽどいい人が待ってますよね？」

「そんなふうに言えば、俺が何もしないとでも思ってるのかな」

瑞樹のハンサムな顔が、びっくりするほどすぐそばまで近づいてくる。酒臭い息を感じ取ったその直後に、唇を塞《ふさ》がれた。


魔が差した、とでもいうのだろうか。どこで自分が瑞樹のスイッチを押してしまったのか、まるでわからない。だが、気づけばこんなことになっていた。

結婚していたから、俺だって一通りのセックスは経験してきたつもりだ。だけど、毒気を抜かれて逃れられずにいる間に下着の中に手を突っこまれ、ペニスを握《にぎ》りこまれた。同性に触れられているだけでたまらない抵抗があるはずなのに、それ以上の疼《うず》きにペニスがどくんと脈《みゃく》打つのがわかった。

「やめてください、……やめ……っ」

驚きに息が浅くしか吸《す》えず、まどろっこしいほど力が入らない。それでも、必死であらがおうとする腕が邪魔《じゃま》だったのか、肩をつかまれて上体だけうつ伏せに押さえこまれ、腕をねじあげられて背後で手首を縛《しば》られた。

──え？

さらに仰向けに戻され、あらためて下着の中をまさぐられるたびに、息がますます乱れていく。こんなふうにされて、硬《かた》くする自分が信じられないままだ。

「ちょ……っ、洒落《しゃれ》になりませんから。……やめ……ください、……落ち着いて……っ」

落ち着くのは自分のほうだと思いながらも、与え続けられる刺激に力が抜けていく。瑞樹のその身体を振り払えずにいると、フロアから呼ばれて中座していたオーナーが戻ってきた。

フロアの絨毯の上でもみ合っている俺たちの姿に気づいて、のぞきこんでくる。

「何やってんの？　おまえたち」

──助かった。

だが、オーナーに見下ろされたことで自分が男にペニスを握りこまれていることをあらためて思い知らされ、羞恥《しゅうち》を覚えた。かぁああっと、耳まで熱くなる。

「助け……………ください……。瑞樹さんが……」

「こいつ、おまえの唾《つば》つき?」

瑞樹は悪びれることなく、俺のペニスをねっとりと手でしごきあげていた。

俳優のように整った瑞樹の顔から、雄《おす》の色気《いろけ》が漂う。下から見ても崩《くず》れないこのハンサムが、冗談でも男のペニスを握りこんでいるのが信じられない。冗談や酔狂《すいきょう》で、こんなことをされるのを受け入れられるほど、俺はこなれた人間ではないのだ。

瑞樹の身体で隠《かく》されて、オーナーの表情は見えなかった。

「いや」

「だったら、俺が食っちゃってもいいよな」

――何で、そんな、……勝手な理屈を……?

突っこみたかったが、ペニスに絶え間なく刺激を与えられているから、声を出すと喘《あえ》ぎになってしまいそうだった。

何も言えずにいるうちに、瑞樹は俺の下着をずるっと引き下ろした。それによって、硬くなったペニスが勢いよく飛び出して、その反応にギョッとした。

瑞樹はカリ先だけを残すように握りこむと、ためらいなくそこに顔を近づけていく。

――え? まさか……っ!

「ひ、ぁ!」

いきなりぬるりとした熱い舌の淫《みだ》らな感触に、腰が大きく跳ね上がる。驚きのあまりどうにかそこから瑞樹を振り払おうと腰を捻《ひね》ったが、膝《ひざ》をついた馬乗りの格好のまま感じる先端ばかりをぬめぬめと舌で嬲《なぶ》られて、そこがますます硬くなっていく。

「っな、……っぁ、……っ」

「すごくいい顔するだろ。ヤバイ。犯《おか》したい」

瑞樹の本心から漏れたとしか思えないつぶやきに、俺は混乱するばかりだ。

――犯したい？　本気か？

続けざまに与えられる舌の動きに、歯を食いしばることしかできない。のけぞるようにして耐《た》えていると、顔面にオーナーの視線が浴びせかけられているのを感じた。オーナーは俺の頭のすぐ側に移動して、ただ見つめている。早く瑞樹を振り払いたいのに、尿道口《にょうどうこう》に舌をこじいれるように舌先を動かされては、どうすることもできない。

オーナーは俺の頭のあたりに座りこんでから、膝枕をするように俺の頭の下に足を差しこみ、首元に腕を回した。

「本気で嫌がってたら止めようと思ったけど、まんざらでもないみたいだな」

――そんなっ……！

このように巧みな刺激を与え続けられたら、どんな男でもまともに動けなくなるだけだ。

オーナーに頭を抱きこまれたことで、オーデコロンの匂いが濃厚に俺を包みこんだ。

その匂いに包まれて、不覚にも鼓動《こどう》が高鳴る。俺を雇ってくれたオーナーに深く感謝していたし、落ち着いた包容力のある態度に憧《あこが》れてもいた。

「乳首も勃《た》ってる」

だが、そんな指摘とともに、オーナーに乳首をきゅうっと摘《つま》み上げられて、驚きとともにざわりと痺《しび》れが下肢《かし》まで走り抜けた。だが、身体は俺の戸惑《とまど》いなど無視して、指が蠢《うごめ》くたびにぞくぞくとした甘ったるい刺激を送りこんでくる。

――何で……?

オーナーも瑞樹のように、自分に性的な興味を持っていたのだろうか。信じられない思いばかりが押し寄せてきたが、その指の刺激にも感じていることに気がついた。いくら歯を食いしばって反応せずにいようと頑張っても、オーナーの指の刺激に乳首は硬くしこり、きゅっと引っ張られるたびにペニスがドクンとする。

「く、……ン……っ」

息継ぎのたびに、甘ったるい声が漏れるようになっていた。

こんなふうに身体を熱くさせている自分に、現実感がない。そもそも同性に組み敷かれること自体が考えられない出来事だし、ここまで抵抗できなくなるなんて想像してもいなかった。夢の中に投げこまれたように身体がまともに動かず、普通なら出るはずの力が出ない。

そんな中で、瑞樹に舐められるペニスはかつてないほど昂っていた。

濡れた舌先で尿道口や裏筋《うらすじ》のあたりをねっとりと嬲られるたびに、びくんとそこが脈打つ。反応せずにはいられない弱点を見つけられてはことさら執拗《しつよう》に舌を這《は》わされて、ガチガチに硬くなっていく。唾液《だえき》を塗《ぬ》り広げるような舌の動きと、欲しいところに適切に与えられる焦《じ》れったいような刺激。

こんなふうにペニスの快感《かいかん》を知りつくした相手に嬲られたら、ひとたまりもない。どうしようもないところまであっという間に追いこまれ、後はただ喘ぐことしかできない。

「う、……ン、ン……ッ」

乳首をオーナーにくりくりと指で弄《いじ》られながら、ペニスを瑞樹にしゃぶられている。その異常な状況に、身体だけが異様に昂っていく。そんな自分の姿を受け入れられず、ＶＩＰルームに一人残されているはずの玲二のほうは見られなかった。

──何……してるんだろ。とめて……欲しい……のに……っ。

玲二もこの状況に気づいていないはずはない。

呆《あき》れてこちらを見ているのか、全く無視されているのか。その存在が気がかりだった。

「……何か、余計なことを考えてる？」

そんなふうにオーナーに囁かれ、不意に顎《あご》をつかまれて唇を奪われた。

「っう、ぁ……」

触れあった唇からぞくっとする刺激が広がり、唇の表面をぬめる舌先でなぞられて力が抜けたときに唇を割られた。肉厚の舌が口腔内に入ってきただけで、パニックになる。だが、舌をからめられるとどこに力を入れていいのかわからなくなって、好きなように口腔内を探られてしまう。オーナーにどうしてキスされているのだろうか。だが、オーナーから漂う匂いを直接嗅《か》ぎ取るだけで、頭がボーッとした。

──何だ、これ……。

結婚もしていたし、子供もいた。家庭を持ったことで必要以上に気負い、それを何もかも失って抜《ぬ》け殻《がら》になっていた。なのにこんなふうに抱きこまれると肩からすうっと力が抜け、この逞《たくま》しい男に全てをゆだねてしまいそうになる。今だけは頭をからっぽにして、このぬくもりと快感に溺《おぼ》れてみたい。

——だけど、……俺はそんなんじゃ……ない……。

必死になってあらがおうとする俺の身体を、二人は焦《あせ》ることなく溶かしていた。二人は男の身体を扱い慣れているようだ。からみついてきた舌に口腔内のあらゆる感覚を引き出されながらペニスを嬲られていると、それだけでイきそうになる。

身体に力を入れていないと、瑞樹の口に漏らしてしまいそうだった。じゅ、じゅっとペニスに唾液をからみつけて、それごと吸われる悦楽に気が遠くなる。

普段は存在すら意識しない小さな乳首をくりくりとオーナーの指先で弄られるたびに、かつてないほど感じた。神経を剥きだしにされたような乳首をきゅっとひねられると、それだけで声を出してしまいそうだ。

「はぁ、……は、は……っ」

「気持ちいいだろ、ここ。すごく悦さそうな顔をしている」

オーナーの言葉に、反応を探られていたのを知って、ゾクリとした。

落ち着いた大人の男というイメージがあったオーナーが、俺の乳首を弄っている現実がしっくりこない。男が好きなのだろうか。そちらの趣味があるなんて疑ってもいなかったというのに、オーナーの力のある目で見据《みす》えられると、身体が熱く灼《や》けていく。

——イキ……たい……。

ペニスを直接刺激されているだけに、あっという間に射精《しゃせい》寸前まで追いこまれていた。

だけど、ここは職場だ。

こんなところで射精したら、後でどれだけ支障が出るかわかったものではない。必死に我慢《がまん》しようとしたが、ダメだと思えば思うほど、身体はますます昂るばかりだ。

「ぁ、あ……は……っ」

もうどうにでもなれ、としか思えないほど、感じきっていた。

そのとき、俺の膝が瑞樹にぐいと、片方だけ抱え上げられる。股間《こかん》を大きくさらけ出すような恥ずかしい格好に狼狽《ろうばい》したとき、後孔に濡れた指先があてがわれた。

「つう、わあ！」

思いがけない刺激に、俺は驚いて大きく腰を浮かせようとした。だが、その動きが裏目に働き、ぬるりと入りこんできた指が一気に深い位置まで突《つ》き刺《さ》さる。

「わっ、……ふ、ぐ……っ」

これ以上の刺激など絶えられないというのに、押しこまれた指はぐりぐりと中を攪拌《かくはん》するように動いた。そんな刺激が嫌悪感を誘って、俺はたまらずこの状況から逃れようとあがく。

だが、そのときにオーナーが動いた。肩を押さえこまれて、指でしかいじられていなかった乳首に唇を落とされる。

「ぁ！」

乳首をきゅっと吸われて、口腔の熱さと生々《なまなま》しい舌の動きにビクンと肩が震える。すかさずもう一度吸われ、その刺激も消えないうちに、舌先でぬるぬると舐《な》めずられた。心臓まで舐められているような感覚に、舌のざらつきすら感じ取れるほどそこが硬く凝《しこ》っていくのがわかる。さらに反対側の乳首を指で擦《こす》るようにされると、ジンジンとペニスが疼いた。

だが、それでも体内でぐちゃぐちゃと指が動く感触は、たとえようもない異様な感じだった。

「やめて、……くだ……さい。……もう、……放して……」

懸命《けんめい》になってオーナーの身体から逃れようと身体をひねったが、乳首を吸われるたびに過敏《かびん》になった身体が跳《は》ね上がる。入れられているのはたった一本の指でしかないのに、体内ではとんでもなく太く感じられた。動かされるたびに腹腔《ふっこう》の奥が引きつるような、狂おしいような奇妙《きみょう》な感覚が掻き立てられる。

その刺激に合わせて瑞樹にペニスの先端を舐めずられ、体内をかき混ぜられる妙な感覚と快感が混じり合う。とらえどころのない感覚に、ひくひくと襞《ひだ》が動いた。

尿道口から溢《あふ》れ出す蜜《みつ》を啜《すす》られていると、かき混ぜられているところが次第に気持ち良く感じられてきて怖い。オーナーに弄られている両方の乳首からも襞まで痺れさせる快感が伝わって、ひっきりなしに瑞樹の指を締めつけるのがわかった。

「も、……やめてください、……二人とも………」

俺は必死で訴《うった》えた。

このまま、何か知らない世界に連れていかれそうで怖くてならない。男に欲望を覚えたことはなく、欲情したこともなかったはずだ。なのに、体内で蠢《うごめ》く瑞樹の指や、乳首を舐めるオーナーの舌にここまで身体が溶けているのが信じられない。

尖《とが》りきった乳首に軽く歯を立てて引っ張りながら、オーナーが俺に言い聞かせるような柔らかな声で答えた。

「やめないよ。君が正直になるまでね」

――正直に……?

狼狽しながら、オーナーを見上げようとした。

そのとき、俺はふと別の視線を感じてそちらを見た。ソファの背に腕を引っかけて、上体を乗り出すようにして玲二がこちらを観察していた。思わぬ相手と視線がからみあって、俺の鼓動は跳ね上がる。

――見られてた……。

ずっと存在は気になっていたものの、ここまで不躾《ぶしつけ》な視線を浴びせられているとは思わなかった。

「ああ。……気にせず、続けろ」

玲二になんでもないように冷静にコメントされて、俺は言葉を失う。

その間も瑞樹の指の動きは止まらず、俺の体内に押しこまれてはぐりっと深い位置をかき混ぜて抜かれていく。入れられるときも抜かれるときも、襞に走る刺激が俺を落ち着かない気分にさせる。

そもそもそこに他人の指があるということ自体が、尋常なことではないのだ。

玲二は堂々と俺の姿を眺めながら、軽く肩をすくめて声を放った。

「男同士のを見るのは、初めてだ」

「だったら、観察だけで終わる？」

からかうように、瑞樹が声をかけた。それを受けて、玲二はすうっと目を細める。

「……そのつもりだったが、正人《まさと》の表情はいいな。そそられる。正人が相手なら、ちょっと試してみてもいいかも」

――何だって……？

自分がどんな顔をしているのか、こんな状況で自覚する余裕などあるはずがない。その中でもそれなりに必死になって快感を表に出さないようにしていたはずなのに、その努力は全く無駄《むだ》だったということだろうか。ひどく感じさせられるたびに表情を保つことができなくなって、自分がかってなくだらしない顔を見せていることはわかっていた。

「だったら、じっくり観察してな」

くすくすと笑いながら、瑞樹が指の動きをますます淫らなものにしていく。どれだけ経験があるのかわからないが、瑞樹の動きにはためらいがない。指が動くたびに掻き立てられる刺激に息を詰めながら、俺は焦《あせ》って呼びかけた。

「見てないで、……助けて、ください、玲二さん……っ」

「助けてやったら、何かしてくれるの？」

「何かって、……何……、っぁ、……っ」

「ン。……とりあえず、俺のをしゃぶってくれるとか」

玲二の視線は、瑞樹の指でぐちゃぐちゃにされている足の間に向けられていた。

「そこ、どう？　キツイもん？」

玲二の質問に答えたのは、瑞樹だった。

「入口だけぎゅっと締めてる感じかな。中はけっこう柔らかい。突っこんだら、すごく気持ち良さそう」

──え？　突っこむ？

瑞樹の爆弾《ばくだん》発言に仰天《ぎょうてん》していると、オーナーが興味をそそられたように上体を起こした。瑞樹の指が入っているところに自分でも手を伸ばして、中に指を入れてくる。

「う、ぁ！」

中に入っている指が二本に増えて、いきなりの圧迫感《あっぱくかん》に、俺は喘《あえ》いだ。そのきつい感触を軽減しようと力を抜くことしかできないでいる間に、オーナーの指は体内でゆっくりと動く。奥のほうまでまっすぐ探られたとき、いきなり鋭《するど》い快感が背筋《せすじ》を貫《つらぬ》いた。

「つうぁ、……つぁ、あ……っあ……っ！」

電流にさらされたようになって、身体が弓《ゆみ》なりにのけぞる。

何が起きたのかわからないでいる間に、オーナーの指が再びそこで蠢いた。爆発するような強烈《きょうれつ》な痺れに押し流されて、俺は一気に絶頂まで駆け上がっていた。

「ひぁ、……つぅぁ、あ、あ、あ……っ！」

腰をせり上げながら、体内から悦楽を吐き出す。溢れ出す精液の気持ち良さに、何もかも忘れていた。だが、身体をどっぷりと満たしていた快感が薄れ、今の状況を思い出すにつれて、自分のイクときの姿を三人の男に見られていたことに気づく。

「ぁ……」

その恥ずかしさにいたたまれずに身体を丸めた俺を囲んで、彼らは恥ずかしい会話を始めていた。

「イったな」

「たっぷり出た。ためてたな」

オーナーが精液を受け止めたてのひらを、ティッシュでぬぐう。

——最悪……っ。

イかされたことに抗議したかったが、それをはるかに上回る恥ずかしさに死んだフリしかできない。

不本意でしかないはずだ。男とセックスするつもりなど微塵《みじん》もなかったはずなのに、射精まで追いこまれたことに戸惑いを隠すことができない。

縛られた手首が痛くて身じろぎしながら、俺はうめくように言った。

「もう、……解《ほど》いてください。冗談は、……これくらいで」

こんな恥ずかしい体験を、俺の中で昇華《しょうか》できない。気が遠くなるほどの快感があったものの、男が尻《しり》に指を突っこまれてイったなんて、早く忘れたい。

だが、瑞樹がもぞもぞ身体をひねる俺の肩を押さえつけながら、呆《あき》れたように笑った。

「冗談だとまだ思ってるのか？　おめでたいな」

「中だけでイクなんて、十分素質ありそうだ」

オーナーも同調する。

男はプライドの生き物だ。そんなことを、認めるわけにはいかない。

なのに、二人にそれぞれ膝を抱えこまれて、抜き出した指をもう一度中に突っこまれる。

「っひ、ぁ！」

その感覚に違和感《いわかん》があるというのに、入りこんだ二人の指で感じるところを探られると、甘ったるい衝撃《しょうげき》が下肢《かし》に満ちる。ぐるっと掻き回されたときの感覚が、イク前とは違って溶《と》けるように甘く感じられることに俺は首を振った。

——何だ、これ……。

瑞樹の指はますます淫らに、襞をこねあげてくる。

「ここ、……正人の、前立腺《ぜんりつせん》だろ」

ぐりっとそのあたりをなぞられて、腰がびくっと跳ね上がった。

「やだ、……やめろ、……っそこ……っ！」

イったばかりの身体は、やたらと過敏になっている気がする。襞に指を軽く押し当ててやんわりと動かされているだけなのに、指先まできゅうっと丸めずにはいられないような切ない感覚が下肢にどんどん満ちていく。

「ここに、何本入るかな」

瑞樹の指が、もう一本増やされる。オーナーの指も入っていたから、三本だ。瑞樹が二本の指を揃えて前立腺をかすめるように動かされると、びくびくとした反応を抑《おさ》えきれない。

「ン、……っぁ、あ、……っは……っ」

自分の客観的な状況を受け入れがたい気持ちがあるというのに、先ほどイかされたときに体内でスイッチが入れ変わってしまったようだった。指で引っかき回されるたびに、不快感を上回る快感が流しこまれてくる。

「三本は入るな。もう少しトロトロにさせたら、俺のも入りそう」

――俺の？

瑞樹の言葉にハッとしたが、そのときには俺は足を完全にホールドされていた。

瑞樹が憑《つ》かれたような目で俺の顔を見下ろしながら、服の前をくつろげてペニスを取り出す。大きくて形のいいそれを足の奥に擦りつけられて、その熱さに息を呑《の》んだ。

同性の性器をそんなところで感じるなんて信じられなくて、腰が逃げてしまう。必死になって標的をそらせようとしていたが、独特の弾力《だんりょく》を持った瑞樹のものはなかなか離れていかなかった。

「っ、待って、……くだ…っ、そんな……っ」

犯されることを、同意したつもりはないはずだ。俺の意志はまったく無視されている。なのに、ぐりぐりとその切っ先を擦りつけられると、そのたびに広がる妙な感覚に腰が砕《くだ》けそうになる。

「覚悟決めて、俺のものになりなよ」

瑞樹がハンサムな顔を俺に寄せて、低く囁いた。その目からは素直な欲情が伝わってきて、一瞬、身体から力が抜けそうになる。

だが、慌てて俺はぶるぶるっと頭を振った。

——そんなの、……無理……っ。

俺が可愛くて魅力的《みりょくてき》な女の子だったら、この綺麗な男に流されて身を任せることもあるかもしれない。だが、俺は冴《さ》えない三十男だ。自分の身のほどは知っている。

「趣味……悪いです、……こんな……っ」

「何で？　正人、自分の可愛さにまるで気づいてない？」

——可愛さ？

俺のどこにそんなものがあるんだか、教えて欲しい。

驚愕《きょうがく》に目を見開いた俺の唇の表面を、瑞樹がからかうようにぺろんと舐めた。そのまま今度は、乳首に唇を落としてくる。

「っうぁ……っ！」

そこが弱かったことを、オーナーに教えこまれていた。膝を抱えこまれながらちゅうっと乳首を吸い上げられていると、狼狽しきった声が上がるほどゾクッとした刺激が尾《び》てい骨《こつ》のあたりまで抜けていく。

俺の反応を見て、横に並んでいたオーナーも、中の指を入れ直して左の乳首に吸いついてきた。

「入れてって言うまで、ここばっか責めてみるか？」

そんなろくでもない提案を、オーナーが瑞樹に言うのに驚いた。

「悪くないかもな」

「ちょっ、……やめて……ください、……う、ぁ、……っぁっ」

両方の乳首を二人の男に吸いつかれていては、その唇と舌の蠢く感触に悶《もだ》えることしかできない。

右を噛まれたかと思えば反対側を吸われ、さらに中を三本の指でぐちゃぐちゃに弄られているのだ。

乳首を吸われ、舐められているだけで、ペニスがどんどん張りつめていく。大きく開かれた足の奥を指で掻き回される刺激がたまらなく気持ち良く感じられてならない。

乳首でさんざんに溶け崩されたところに、瑞樹が耳元で囁いた。

「そろそろ、入れられたい……？」

さんざん掻き回された襞が、ひどく疼いていた。

ほとんど判断力を奪われた無意識の状況で、俺はかすかにうなずく。

その顎の動きを見逃さなかった瑞樹が、綺麗に微笑《ほほえ》んだ次の瞬間、中の指が抜かれた。

「っひぁ！　……ぁ、あ……っ！」

代わりにペニスを押し当てられ、入口をこじ開けられる。

あまりの存在感に腰が跳ね上がり、とにかくこれを押し出さなければならないと慌てたが、力の入れ方を忘れてしまったかのように身体に力が入らない。括約筋《かつやくきん》をさらに強烈に押し開かれた。

「っ、無理……っ」

それだけ言うのがやっとだ。

手首を縛られている上に、両膝を完全にホールドされていた。いくら腰をひねっても、俺を串刺《くしざ》しにしてくるものに逆に貫かれるばかりだ。苦しげな吐息《といき》を漏らしていると、瑞樹の声が聞こえた。

「脱力させて」

何のことだかわからなかったのだが、オーナーの空いた手がペニスに伸ばされる。乳首を執拗《しつよう》についばまれながらオーナーの大きな骨っぽい手でいやらしくペニスをしごきあげられると、先走りを絞《しぼ》り取られるような快感とともに、身体の芯《しん》が熱く溶けだしていく。力が抜けていく身体を、瑞樹が焦ることなくペニスで少しずつ押し開く。

「いいね。……だんだん、柔らかくなってきたよ」

瑞樹の声は、とろりとした蜜のようだ。

オーナーは俺が圧迫感に息を詰めるたびに、甘い快感を与えていく。時折強めに乳首を吸い上げられて、快感がそこで弾けた。乳首の弾力を思い知らされるたびに喘ぐことしかできない俺の襞のひくつきに合わせて、瑞樹が着実に呑みこませていく。

「ふ、……ぁ、あ、あ……っ」

身体の中心をその大きなものでどんどん貫かれて、呼吸が浅くなった。息をするたびに、後孔を開きっぱなしにされている独特の感覚を思い知らされる。

──……ざわざわする……。

気持ちいい、とはまた少し違う。だけど、その萌芽《ほうが》がどこかに潜《ひそ》んでいる。どんどん呑みこまされることに恐怖を覚えて涙目で見上げると、瑞樹が甘く微笑んだ。

「もう、半分入ったから」

──これで、……半分……？

かなり深くまで入りこんでいる感触がある。腹の奥までギチギチで、これ以上は無理だ。顔を歪めると、瑞樹は無理やり残りをねじこむようなことはせず、ゆっくりとペニスを襞に擦りつけるように腰を揺らしてきた。

「っう、ぁ、あ……っ」

そのたびに、みしっとした感覚が襞に刻《きざ》みこまれる。瑞樹の形を覚えるのと同時に、へその奥が引きつれるような鈍痛《どんつう》が次第に性的な疼きへと変化しつつあるのがわかった。未知の感覚をこんなふうに掻き立てられるのが怖くて、中がひくひくする。

──ダメだ、……こんなの……っ。

痛いだけなら、まだいい。だけど、男なのにこんなところに突っこまれて感じるなんて認めることはできない。だけど今の俺にできるのは、せいぜい必死になって力を抜くことぐらいだ。

「苦しい？　大丈夫だから」

オーナーが俺が苦しげな息づかいをするたびに、柔らかく髪を撫《な》でた。

オーナーにしゃぶられ続ける乳首は、絶え間なくぞくぞくとした疼きを身体の芯まで送りこんできた。

——乳首で感じるのも、……恥ずかしい。

俺の身体はどうなってしまったのだろうか。

能動的なセックスしか、したことはない。乳首はしゃぶられるのではなくてしゃぶるものだったし、自分から腰を動かして絶頂までの一本道をひたすら駆け上がるのが、俺にとってのセックスだった。

だからこそ、自分の身体にこのような甘い感覚が潜んでいたなんてまるで知らなかった。乳首や、ましてや、瑞樹に貫かれた後孔なんかに。

オーナーの手がゆるゆるとペニスをしごきあげると、みちみちにくわえこまされている後孔の圧迫感が少しだけ和らぐ。円を描《えが》くような瑞樹の動きに少しずつ前後の動きが加わり、その大きなもので襞を擦りあげられると波のような痺れがわき上がる。

「っぁ」

瑞樹の動きは、少しずつ大きくなっているように感じられた。より深く、奥のほうに入りこんでいく切っ先に、本能的な警戒心がこみあげてくる。防御《ぼうぎょ》しようにもこんな状態では力が入らない。

「っん、……っん、ん……っ」

「あと少し、だから」

そんな言葉とともに瑞樹が俺の膝の後ろを手でつかみ、腰が浮くほど胸に押しつけてきた。そのためにオーナーはいったん俺の身体から離れたが、肩胛骨《けんこうこつ》の下に足をねじこんで、背後から俺を抱くように腕を回してくる。それから、また指で乳首をそっと撫でた。

「っう、ぁ……っ」

押しこまれたペニスが、ぎち、と襞の奥で軋《きし》んだ。

「入るか?」

男二人に挟みこまれ、あらぬ部分を見られていると思うとこれ以上ない羞恥に見舞われる。

――入らない……っ!

俺は心の中で即答《そくとう》したが、声を出すほどの余裕はなかった。

瑞樹がさらに俺のその一点に、重みをかけてくる。

「っうあ! あ……ぁああ」

ず、ずずず、と身体の内側から音でも聞こえそうな衝撃《しょうげき》とともに、限界まで襞が押し開かれた。今までとは比較にならない圧迫感に、根元まで入ったのを知らされる。苦しくて、まともに呼吸ができない。瑞樹はそれを奥まで入れると、ゆっくりと引き抜いていく。

「う、ぁっあ、あ、あ……あ」

襞ごと引き抜かれる異様な感覚に、ぞくぞくと鳥肌が立った。ようやく息が吸うことができてホッとする間もなく、瑞樹のものは元の場所まで戻されていく。

「っん、ん……っ」

襞がギチギチに押し広げられると、息が詰まった。圧迫感はもとより、他人の性器に自分の腹の中をぐちゃぐちゃにかき混ぜられる感覚が異様でならない。生理的な違和感《いわかん》に感情が乱れ、泣きだしそうになったのを察して、いち早く頭をそっと抱きこんできたのは、オーナーだった。

「大丈夫。……大丈夫」

子供のように言われながら、よしよし、とあやされる。

さらに股間に手を伸ばしてペニスをまさぐられると、硬直した身体から力が抜けていく。

そんな身体に、瑞樹のものがゆっくりと突き立てられた。

「う、……ぁっ、あ、あ……っ」

その大きなものを受け入れるたびに、切ないような感覚に息が詰まった。

他人のペニスが自分の体内にあるという生理的な嫌悪感《けんおかん》に、頭がおかしくなりそうだ。だが、それ以上の何かが、身体の芯をざわつかせていた。乳首への刺激がくすぐったいだけのものから、蜂《はち》蜜《みつ》のように濃度のある悦楽へと変化したように、貫かれるたびに自分の身体の深い部分からわき上がっていく感覚が、別のものに変化していきつつある。

「……っぁ、……っぁ、あ……っ」

ただ苦しげに喘ぐことしかできない俺の姿を、瑞樹だけではなく、オーナーや玲二までもが見ていた。大きく開かされた足の間に視線をやれば、こんなことをされているのに俺が勃起《ぼっき》しているのがわかるだろう。あられもなく足を開かされ、浅ましい欲望を隠すことができずにいることが恥ずかしくて、消え入りそうになる。

瑞樹が腰を揺するたびに、濡れ聞こえる淫らな音が耳についた。音を止めたくてきゅっとそこに力を入れると、より刺激が強くなって、肌がざわつくような新たな感覚がそこで弾ける。

「……うぁ、……っぁ、……っやだ……、…やめ…て……くれ……っ」

後ろ手に縛られた不自由な格好ながらも、どうにか瑞樹のものから逃れようとあがいた。だが、足を下ろすことさえできないまま、パン、と奥まで押しこまれる。身体の芯まで響《ひび》く衝撃に、ぞくっと全身に震えが走った。

「どんどん開いてきてる。……わかる？　ここ、すごくひくついてる、……極上の身体だな」

俺のそんな身体の状態を、言葉にされるのがいたたまれない。

瑞樹が腰の動きを、リズミカルなものに変えた。初心者の俺のために、今まではだいぶ加減していたのだと、それによって思い知らされる。

「ひぁ！　……っぁ、あ、あ……っ」

ぐりぐりと襞を奥まで抉《えぐ》られて、背筋に甘ったるい刺激が広がった。さきほどまで感じていた刺激よりも、ずっと濃度が濃い。その刺激を受け止めきれずに、腰が揺れてしまいそうになる。こんなふうにされたら、自分が自分でなくなってしまいそうだ。

「っは、……は、……ん、……ん……っ」

ただ息をするしかなくなった俺の唇から流れた涎《よだれ》を、オーナーが指でなぞった。

俺は焦点《しょうてん》が合わなくなった目を、オーナーに向ける。

瑞樹の動きが、緩急《かんきゅう》を交えた淫らなものへと変わっていく。ぐちゃぐちゃと体内を抉られて、そこから掻き立てられる肉の疼きが俺の身体を内側から狂わせる。

「ッ……う、あ……っ」

一突きごとに、違和感が快感に変化していく驚きにぶるっと震えたとき、俺の顔をじっと眺めていたオーナーが動いた。

「気持ち良くなってるだろ、正人」

そんな言葉とともに唇を奪われ、舌の動きに合わせてペニスをぬるぬるとしごきたてられる。

瑞樹に容赦《ようしゃ》なく突き上げられる後孔からペニスへと流れこむ快感とともに、オーナーの手の中でそれが限界まで張りつめていくのがわかった。オーナーのスーツの生地が時折触れる乳首もジンジンと疼いて、そこをまた吸われたくてたまらない。

「ふ、は、……っは、は……っ」

開いた歯列の内側を舐められながらガンガンと犯されていると、どこにどう集中していいのかわからなくなって、二人に身体を預けることしかできなかった。

「っぁ、あ、あ……っ」

一番強烈な刺激があるのは、瑞樹に抉られている部分だ。狭いそこに大きな楔《くさび》をみっしりとくわえこまされ、その凹凸《おうとつ》で襞を一気に刺激されると、受け止めきれないほどのざわめきが全身に広がる。強い刺激の反射でペニスをきゅううっと締めつけると、切ないような悦楽がそこで弾けた。

——何だ、これ……。

ペニスをしごきたてるオーナーの手の動きによって、馴染《なじ》みのある絶頂直前の痺れが下腹に満ちた。ガクガクと、太腿が勝手に震えだす。

「イク？　……イキそうだな」

いやらしく囁かれながらオーナーに唇を奪われ、先走りの蜜でぬるつく先端をねちねちと音を当てて親指の腹でこね回される。

その手の動きに、グラスを磨《みが》くオーナーの綺麗な手の動きを思い出した途端、俺の中で全ての感覚が弾けた。

「っぁ、……っぁ、あ——……っ！」

一瞬の空白の後で、どくどくっと身体の奥から熱いものがほとばしる。

「ひぁ、……っぁ、あ……」

そんな俺の太腿を抱えこんで、瑞樹がなおも動きを速めた。イきながらめちゃくちゃに突きまくられて、もう限界だと思ったとき、瑞樹がようやく動きを止めた。

「んっ……！」

どく、と俺の括約筋が脈動を感じ取った次の瞬間、中で瑞樹が弾けた。熱いものを体内に放出され、襞がそれに灼かれてジンと痺れる。

抜き取られていく感覚にすら、たまらなくゾクゾクした。足を閉じることもできないほど下半身が脱力していて、股関節がガクガクだった。

これで全てが終わったんだと意識を手放そうとしていたとき、力が抜けきった俺の腰をつかんで、誰かがひっくり返した。

——え？

うつ伏せになった俺の腰を、背後からの手が続けて抱え上げる。その不穏《ふおん》な体勢にさすがに重い瞼《まぶた》を押し開いて首をひねると、そこにいたのはオーナーだった。当然のように服の前をくつろげながら、色気の感じられる目で俺に宣告してくる。

「次は、私の番」

「……なんで……？」

まさか、オーナーがするなんて、考えてはいなかった。だが、それ以上まとまった言葉を口に出せる間もなく、濡れた場所にオーナーの大きな熱い雄が押しこまれてくる。

「つう、ぁ！」

ぬるっと押し開かれる感覚に、背筋が粟立《あわだ》った。再び体内を占領されたことに狼狽して、俺はどうにか腰を引こうとする、だが、逆にしっかりと腰を抱えこまれ、襞に力が入らないまま、深くまで押しこめられてしまう。

手首は背中で縛られたままだ。恥ずかしい行為の直後で痛みはなかったが、その代わりにぬるつく感覚が異様だった。抜こうとあがくたびに中で擦れる感覚に力が抜け、俺は肩を絨毯に擦りつけて喘ぐしかない。

オーナーに憧れていた。親切で、包容力を感じさせる態度に、俺もこんな大人になりたいと願っていた。だが、その相手にこんなふうにされるなんて、何をどう考えていいのかわからない。

「悪いな。従業員に手を出すつもりはなかったんだが、君だけは別だ。可愛い反応を見ていたら、我慢できない」

腰骨のあたりを強くつかまれたまま、中にペニスを馴染ませるように動かされる。そのたびに息が詰まり、背筋がざわりと痺れる。

「……ッオーナー……っ」

「そんなふうに呼ばれると、余計にそそられるな。悪いことしてる気がして」

慣らしは十分だと考えたのか、オーナーの動きが次第にリズミカルなものになっていく。

こんな状況への狼狽はあるというのに、強制的に送りこまれてくる快感から逃れられない。

「……っん、……っん、ん……」

「正人の中は、すごく気持ちがいいな。熱くて、からみついてくる」

深い位置まで一気に突き刺さるペニスの硬さから、オーナーがどれだけ欲情しているのかがリアルに伝わってきた。

「っぁ、……ぁ……」

イった後の気だるさも完全に抜けていない状態でこんなふうに続けざまに犯されていると、その快感にあらがうことが難しくなる。

手首を縛られたまま、膝と肩を絨毯につけて喘ぐことしかできない。絨毯に押しつけられた乳首もちくちくと刺激され、むず痒《がゆ》さをつのらせる。オーナーにそこを吸われた感覚を呼び起こしながらむずかるように肩を振っていると、俺の肩をつかんでその下に仰向けに潜りこんできたのは、玲二だった。

いきなり、乳首に吸いつかれる。

「っう、あ……！」

玲二は傍観者《ぼうかんしゃ》だとばかり思っていた。腹筋の力でどうにか上体を起こして視線を向けると、玲二が皮肉《ひにく》気に唇を歪《ゆが》ませる。

「見てるだけじゃ、……物足りなくて。おまえ、……確かに、すごいエロい顔をする」

自分がどんな顔をしているのか、まるで自覚がない。

だが、玲二との会話に集中できないほど、オーナーが立て続けに腰を送りこんできた。

「っう、……ン、……ン…っ」

突き上げられるたびに上体が揺れて視界がぶれ、その肩を玲二が下からつかんだ。胸元に頭をねじこまれて乳首を含まれ、上体の揺れに合わせて乳首を吸ったり、噛んだりされる。吸いつかれたままオーナーに揺さぶられると、その小さな粒《つぶ》が痛いほど引っ張られて、甘いだけの身体に狂おしい刺激となった。

「っぁ、あ……ぁ、……ン」

男の乳首は小さいから、かなりくわえにくいはずだ。試行錯誤《しこうさくご》を繰り返すように何度も吸い直され、歯を立てられると、たまらない悦楽に腰が動く。

反対側の粒も、玲二にくにくにと指先でもてあそばれていた。またしても二人がかりで嬲られるこの状況に、俺はきつく目を閉じるしかない。

「……は……っん、は、あ……っ」

こんな倒錯《とうさく》した状況なのに、身体はどうしようもない快感に満たされていた。

突き上げられるたびに、オーナーの張りつめた切っ先が襞を辛いほど擦り上げて、腰をせり上げずにはいられないような快感を送りこんでくる。オーナーのは太すぎて、抜かれるときに腰がつられて揺れるほどだ。

玲二は瑞樹やオーナーとは違って、乳首の吸いかたが少し乱暴だった。だが、少し痛めに吸われ、歯を立てられるのがたまらない。それぞれに、愛撫《あいぶ》の仕方が違うことを思い知らされる。

どれだけ揺さぶられたのかわからなくなったころ、俺の髪に触れてきたのは瑞樹だった。

頭側に回りこまれて顎をつかまれ、喘ぐことしかできなくなった口に指をねじこんでくる。

「ん、……っぐ…っ」

どういう意図なのかわからなかったが、指はなかなか抜き取られず、顎を固定されたまま、ぐちゃぐちゃと口腔内をかき混ぜられる。開きっぱなしになった口から、唾液が溢れた。俺は焦点が合わない目を、瑞樹に向ける。

ぼやけた視界に映る瑞樹の整った顔は、何か悪事を企《たくら》んでいるように楽しげだった。

「玲二、おまえ、口使う？」

瑞樹の質問に、身体の下にいた玲二が少しだけ頭を動かした。

「う？」

その直後に、軽く頭を振ったのが乳首を引っ張られたことでわかった。

玲二はまるで赤ん坊のように無心に乳首に吸いつき、甘噛みを繰り返していた。その吸引力に俺の身体はジンと痺れ、中を抉るオーナーのものを締めつけてしまう。ぎちぎちにされた襞を突き上げられるたびに鳥肌立つような戦慄《せんりつ》が駆け抜け、内腿がガクガクと震えていた。

「だったら、俺、こっち使うね」

その言葉とともに、俺の口は指で押し開かれ、瑞樹のものをねじこまれた。予想していない行為だっただけに、驚いて歯を立ててしまう。

「ついて！」

瑞樹の悲鳴に、慌てて口から力を抜いた。その隙《すき》を逃さず、口角がいっぱいに広がるほど深くまでねじこまれた。舌の根まで、瑞樹のペニスで圧迫される。

「っうう、ふ……っ」

呼吸を鼻に切り替えられずに、ひくりと口全体で瑞樹のものを締めつけた。

「いいよ。歯は立てずに、とりあえずくわえてくれればいいから」

瑞樹があやすように俺の髪を撫で、腰をゆっくりと動かしてくる。

こんなものをくわえてやる義理は、どこにもないはずだ。なのに、頭の中がぼうっとして流されるがままに口を開いてしまう。

　こんな大きなもので犯されていたのかと、あらためてクラクラした。口腔内の感覚が下肢の粘膜につながり、身体を一本の大きなもので犯されているような錯覚《さっかく》すら覚えた。

「っぐ、……っふ、ふ……っふ……っ」

　顎が外れそうだ。背後にいるオーナーが動くたびに、瑞樹のそれに顔を擦りつけるような形にな る。吐きそうになるのをこらえるためにも、俺は喉の奥まで入ってこようとするそれを舌で防《ふせ》いで加減しなければならなかった。

「いい感じだね。たまに、先端も舐めてみて」

　口の中で、どくどくとペニスが怒張していく。頬が内側から圧迫され、飲みこみきれない唾液が顎を伝う。

　オーナーのペニスが、俺の奥を絶え間なく抉っていた。オーナーのものが突き刺さるたびに、尾てい骨から背筋にかけて快感が突き抜ける。

　すでに、そこの感覚が変になっていた。刺激されすぎた襞が甘く疼き、そこをもっと刺激されたいような初めての欲望がこみあげてくる。

　体内に渦巻《うずま》く悦楽をどうにかしたくて、俺は自分から瑞樹のペニスに舌をからめていた。そんな俺の身体を下から玲二が支え、乳首に刺激を送りこんでくる。

　――気持ち……い……。

「っふ、……ふ、ぐ……っ」

「上手だね」

瑞樹が柔らかく、俺の髪を撫で続ける。特段褒《ほ》められることのない日常を送っていただけに、胸の奥からじわりと温かいものが滲《にじ》んだ。

そのとき、俺の身体の下にいた玲二が、さらに身体を進めた。やんわりとオーナーにしごかれていたペニスを奪うと、その口にくわえこんでくる。

「っぐ！　ぁ、ひ、……ぁ、……ぐぐ……っ！」

ペニスをすっぽりと玲二の口腔内に収められて、ガクガクと全身が揺れた。身体を支えることが難しくなって、がくんと腰が落ちる。その口腔内の熱さを感じるたびに、おかしくなりそうだった。全身がとろりと、蜜のように溶け崩れていく。

「っつ、ふふ、ふ、ふ……っ」

抉られるたびに、熱い波がうねりとなって俺の身体を突き抜けた。途中で何も考えられなくなるほどに、感じきる。

「は、……っは、は、は……っ」

がつんがつんと、奥まで律動《りつどう》が届いた。ペニスをくわえこみ、くわえこまされ、感じやすい先端をぬるぬると嬲られる快感と、喉の奥まで瑞樹のペニスで抉られる苦しさとが混じり合う。せり上がってくる悦楽の波に、あと少しで呑みこまれそうだ。

「っふ、……ぐふ、ふ、ふ……っ」

こんな快感など知らない。自分の身体のどこからどこまでが自分のものなのか、境目《さかいめ》がわからなくなっていた。

「ぐ、……ふ、ふ……っ」

顎から唾液が滴《したた》った。

出し抜けに誰かに乳首を引っ張られ、そこからも悦楽が弾けた。乳首に玲二が手を伸ばしてこりこりと強めに弄られ、身体がギリギリの瀬戸際《せとぎわ》まで追いこまれる。

男に犯されることを受け入れてはいないはずなのに、その気持ち良さに溺れる。全てを明け渡しそうになる。

——あ、……もう……イク……っ！

ぶるっと、大きな痺れが広がった。

俺がイきそうになっているのを感じ取ったのか、オーナーの動きが焦らすようなものから絶頂へとまっすぐ突き進むものへと変化した。きゅうっと中が締まったためにことさら切っ先で前立腺をしごきたてられ、俺は頭を真っ白にしたまま、迫りくる絶頂感に全てを託《たく》した。

射精の寸前に、全身が苦しいほど痙攣《けいれん》した。

「っふ、ぁ、あ、あ……っ」

そのタイミングでずしん、と深くまで押しこまれ、枷《かせ》が弾け飛ぶ。がくがくと勝手に痙攣する太腿とほとばしる射精の悦楽の中で、オーナーが俺の中でイったのがわかった。

それに意識を奪われていると、口の中に瑞樹の吐き出したものが広がる。喉の奥に青臭い匂いがあふれかえる。

それをどうしていいのかわからないうちに抜き取られ、閉じられなくなった口の端からどろりと精液が零《こぼ》れた。

息が整わないうちに、身体からペニスが抜き取られる。支えを失った身体を保つことができずに崩れ落ちそうになっていると、その背後に誰かが陣取《じんど》ったような気配とともに、しっかりと腰をつかまれた。

「っひ、ぁ……っ」

二人分の精液でぬるぬるになった部分を、硬いペニスでこじ開けられる。

その衝撃に、口の中のものをごくりと飲み下していた。

「っう！　ぐ、……げへ、……ほ……っ」

精液が喉にからんで、少し咳《せき》こんだ。力が入るたびに、押しこまれたものの存在を強く意識する。

中のものはひどく固く、かつてないほど奥まで届いていた。

「も、……無理……」

俺はうめきながら訴える。これ以上の快感は欲しくないし、身体が持たない。

だが、中で動かされただけで、ダイレクトに送りこまれる刺激に、強制的に次の快感のステージへと連れこまれそうになった。

「……やめ……っ」

それでも、先ほどのような高みまで連れていかれるのが怖くて口走ると、返事のように感じすぎる部分を抉られた。

「だらしないな、正人、これからだろ？」

その声の皮肉気な響きによって、今、俺に突っこんでいるのが誰だかわかった。

――玲二……さん……っ。

返事など聞こうとせずに、玲二が深い位置まで立て続けに叩きつけてくる。その動きが激しすぎて、俺の口から乱れきった呼吸が漏れた。かすかな痛みと悦楽が、一緒になって俺に襲《おそ》いかかる。

「っふ、ふ、ふ……っ」

その声を聞きつけたのか、瑞樹がなじるように玲二に言った。

「女を抱くときと同じように、腰を使うなよ。多少は加減しろ。まだ正人は、慣れてないんだから」

「ん？　同じふうに、腰を使っちゃいけないわけ？」

「ああ。正人の反応を見ながら、動けって」

その注意が効いたのか、玲二の動きが少しだけ慎重なものに変わる。

だが、代わりに切っ先で感じるところを探るようにされて、ざわざわとした快感が体内で弾けた。

自分の身体に、こんな感覚が潜んでいたなんて知らない。初めての悦楽をより貪欲《どんよく》に追い求めて、身体が暴走していた。

同じように犯されても、一人一人、その形も動かしかたも何もかも違うのだと思い知らされる。

「ふ、ぁ、……ぁ……っ」

中を抉られるたびに、小さな爆発が何度も身体の奥で起こっている。

「っぁ、……っは、は……っ」

玲二のものは、ひどくごつごつしていた。それに、硬さも二人より凄《すご》い。それで掻き回されると、目眩《めまい》がするほどの悦楽が新たに引き起こされた。

「ひぁ、あ、あ……っ」

自分の口から、悦楽に溶けきった声が漏れる。どっぷりと、悦楽に溺れる。

その時間がどれだけ続いたのか、わからない。その果てに、玲二が俺とタイミングを合わせて達したのがわかった。

だが、玲二は抜こうとはせず、俺の中でゆるゆると動き続けた。すぐに中のものが、元通りの硬さを取り戻してくるのが、体感として伝わってくる。

——そんな、……また……？

終わらないセックスに、俺は小さく息を呑む。だが、刺激され続ける襞は俺とは別の生き物のように蠢き続けて、もっともっとと訴えかけてくるようだ。初めての感覚に、俺は翻弄《ほんろう》されきっていた。

玲二はその後も、俺を貪《むさぼ》り続けた。

体位が次々と変えられ、後ろから激しく突き上げられたかと思えば、ひっくり返されて顔を眺められながら、感じるところを嫌というほど責めたてられる。

そんな玲二の姿に瑞樹とオーナーも刺激されたらしく、玲二が離れたらオーナーに犯され、さらに瑞樹にも抱かれ、意識が真っ白に塗りつぶされるまで三人に交互に犯され続けた。


「そう。あれには裏がある。県警《けんけい》が捜査中《そうさちゅう》だった斉藤《さいとう》という男の情報を得たのがきっかけで、幹部《かんぶ》を殺されたヤクザが……」

川崎での発砲事件《はっぽうじけん》について、物騒な話を詳しく説明しているのは玲二らしい。

沼《ぬま》の底から浮き上がるように、意識が少しずつ戻ってきた。

俺は低くうめいて、かすかに身じろぎした。腰から下が他人のもののように、重くてだるい。

それでも少しずつ意識が戻ってきたから、寝かされていたソファから起き上がって床に足を落とした途端《とたん》、ずっと貫かれていた部分から突き上げるような痛みが広がった。

「うっ」

しばらくは、身じろぎせずに痛みを受け流すことしかできない。

体内の慣れない粘膜を、刺激されすぎたためだろう。腹もシクシクと痛いし、全身のいたるところが筋肉痛の軋みを訴えてくる。

ソファで硬直したまま室内をうかがったが、ＶＩＰルームにいるのは俺一人だけのようだ。フロアに通じるドアが開け放たれていたから、玲二の声はその向こうから聞こえてくるのだろう。

俺は今までの記憶を探る。

瑞樹や玲二、オーナーに、何回犯され、どれだけ射精したのか、思い出せないぐらいだ。果てがないほど搾《しぼ》り取られ、最後には精液さえまともに出なくなった。

――凄かった。……あんなの、……初めてだ……。

俺はそろそろと身体を仰向けに戻し、膝を立てて深呼吸《しんこきゅう》する。

男に抱かれるなんて不本意でしかなかったはずなのに、味わわされた悦楽は途轍《とてつ》もないものだった。一番衝撃的だったのは、初めての場所を性器としてこじ開けられ、その悦楽を覚えこまされたことだ。排泄孔《はいせつこう》でしかなかったその部分が、今でもじゅくじゅくと熱を持って疼いている。

身体はひどくだるかったものの、全身に満たされたような余韻《よいん》が残っていた。

合意したつもりはないはずだ。

だけど、ひたすら抱きしめられ、気持ち良くされたせいかもしれない。レイプまがいに犯されたというのに、残っているのはそれとは違う奇妙な感覚だった。

だけど、こんなふうに俺を抱いたのも、全ては作戦なのかもしれない。

——強姦《ごうかん》した後に、厄介な事態に陥《おちい》らないための処世術《しょせいじゅつ》。

彼らがそんな話を、したり顔で話していたことを覚えている。何十人もレイプしたくせに、つい最近まで逮捕されなかった男のニュースが流れたことで、それが話題になったのだ。

どうやらその男は、抱きながら相手に好きだと何度も伝えるらしい。しかも、女性を何度もイかせるそうだ。だからこそ、女性はその言葉と行為にほだされて、なかなか事件として発覚しなかったという驚きのニュースだった。

『それに加えて、そいつが元々、かなりのイケメンってのもあるんだろうけどね』

「は……」

俺は髪に指を差しこんで、頭を抱えた。

俺も、そのレイプ犯の被害者《ひがいしゃ》と同じように丸めこまれつつあるのだろうか。彼らを訴えるような気分には、まるでなれない。手首を縛られて犯されたものの、彼らを不思議《ふしぎ》と憎《にく》めない。

——どうしよう。……どうすれば、……いいのかな。

隣のフロアに彼らが残っているのは、その声からわかった。もしかして、俺が目覚めるのを待っているのだろうか。しかし、どんな態度で接したらいいのかわからない。

それでも、壁の時計が午後四時を回っているのを見て、さすがに俺はこれ以上寝たフリもできないと、身支度を調えることにした。

だるい身体に鞭《むち》打って立ち上がり、周囲を見回す。

瑞樹に脱がされた服は持ち去られたようだったが、俺が従業員ロッカーに入れておいた縞《しま》のポロシャツとジーンズがそばに綺麗に畳《たた》んで置かれていた。その上に乗せられた下着は新品だ。おそらくオーナーが、どこかから調達してくれたのだろう。

あんなにひどいことをされてもまだ、オーナーの細かい気遣いを嬉しく思ってしまう。

頭の中が真っ白だ。俺は怒るべきなのか、それとも、犬に嚙まれたとして忘れるべきなのか。

もし結婚していたら、妻に対する誠意を貫いたかもしれない。だが、浮気されて捨てられ、子供まで奪われた俺は、今、からっぽの状態だった。そんな身体を誰かに奪われたところで、さしたる問題があるとは思えない。むしろその酔狂《すいきょう》に驚くばかりだ。男としてのプライドが、同性に犯されたことによって修復不可能な状態に陥っていたが、もともとどこまでキチンと確立されていたか、定かではない。

着替え終えて、俺は困惑しながら隣のフロアに向かった。

すでにＶＩＰルームも、隣のフロアも綺麗に掃除され、他の従業員は帰宅しているようだ。

フロアのＶＩＰルームに一番近いソファに、瑞樹と玲二、オーナーが陣取っているのが見えた。緊張《きんちょう》しながらも足音を殺して入っていくと、気配に気づいたのか、彼らが一斉《いっせい》にこちらを向いた。

「……帰るのか？」

水割りを飲んでいたオーナーに穏やかに尋ねられた途端、俺はギクリとして立ちすくんだ。

「はい」

「そうか。気をつけて帰れ」

俺を待っていてくれたというのは、勝手な思い過ごしかもしれない。そんなふうに思うほど、さりげない態度だった。

俺はギクシャクしたまま彼らに一礼して、フロアを抜けようとした。

「ああ。待て。……そういや、渡し損《そこ》ねてたんだ。臨時《りんじ》ボーナス。受け取れ」

振り返ると、オーナーがテーブルに置いてあった封筒《ふうとう》をつかんで、俺を差し招く。

――臨時ボーナス？

何のことだかわからないまま、俺はオーナーに近づいた。手渡されたのは、紙幣《しへい》が少なくとも十枚か二十枚ぐらいは入ってそうな封筒だ。

まだ入社して三ヶ月だ。給料以外に、こんなものを貰えるとは知らなかった。

「何ですか、……これは」

このタイミングで金を渡されるなんて、別の意味に捉えてしまいそうになる。

身売りしたつもりはなかっただけに、ゾッとした。膝《ひざ》が小さく震え、表情が強張《こわば》っていくのがわかる。

だが、オーナーの表情は穏やかだった。

「これはおまえが担当したＶＩＰルームの業績に応じた、特別報酬《ほうしゅう》だ。もうじき、日葵《ひまり》ちゃんの入学式だろ。何かと物いりだろうし、受け取ってくれ」

――何でそれを……。

娘の名を出されるとは思わなくて、俺は目を見張る。

浮気された妻に未練はなかったが、娘は可愛くて大切な存在だった。初めて娘を抱いたときの、世界の全てから守ってやるという決心はずっと心に灼きついたままだ。

養育費は慰謝料《いしゃりょう》で相殺《そうさい》されるから、支払う必要はないと弁護士に言われていたが、離婚して半年後、元妻から電話がかかってきた。浮気した相手に捨てられ、暮らしが厳《きび》しくなったそうだ。彼女に気持ちは残っていなかったが、娘にだけは不自由させたくなかった。俺はねだられるがままに、毎月十万円、養育費として送金することになった。

ハローワーク通いの傍《かたわ》ら、日払いのバイトぐらいしか仕事が見つけられない俺にとっては、月十万円はけっこうな額だった。どんなに切り詰めても貯金は目減りしていき、ついに底をついた。

そして数日前。娘の入学式前にいろいろ必要なものがあるから、今月だけ増額してくれないかと元妻から電話がかかってきたのだ。

その電話を、俺は従業員室で受けたような気がする。オーナーは、その会話を聞いていたのだろうか。

――金なんて、……いらない……。

きっぱり断ろうとした。

金なんて介在させたら、俺が彼らに金で抱かれたことを許容したことになってしまう。断ろうとした俺の頭に、娘のことがかすめた。

仕事ばかりであまりかまえなかったから、娘は俺にあまり懐いてはいない。離婚協議のときにも、ためらいなくママと一緒に行く、と言われた。それでも娘は可愛くて、小学校入学という輝かしい時期に不自由な思いはさせたくないという思いが強くあった。

「あ、娘さん、今度入学式なんだ?」

飲んでいた瑞樹が、グラスを置いて俺のほうに近づいてきた。俺の手から封筒をもぎ取り、何枚かの一万円札をねじこんでから、玲二のほうに顎をしゃくった。

「入学祝い、おまえも入れとけ」

「ん」

玲二も素直にうなずいて、財布を取り出した。さらに増額された封筒を戻されて、ポカンとしていた俺は慌てた。

「……あの、……やめてください。こんなの、……受け取れません」

さすがに、こんな展開になるとは思っていなかった。耳までかぁああっと赤くなる。だが、瑞樹は綺麗に笑って、封筒を受け取ろうとしなかった。

「勘違《かんちが》いすんな。あくまでもこれは、娘さんの入学祝いだ。良く知らないけど、最近の入学式では子供もやたらと着飾るんだろ？　せっかくだから、可愛い格好させてやれ」

「いや、……でも……っ」

俺だって子供ではないのだから、建前と本音《ほんね》の使い分けぐらいはわかる。彼らは金を渡すことで、俺がどんな反応をするのか探っているのではないだろうか。

このまま彼らときっぱりと関係を断つつもりなら、金を突っ返してこの仕事も辞めてしまうのが一番だ。

だけど、俺にはすっぱりとそうできない未練があった。養育費のことを考えると、すぐに次の仕事が必要だ。このご時世で、職探しがどんなに大変か身に染みてわかっている。

ここはオーナーの仕切りが上手で、福利厚生もキチンとしていた。オーナーには現実主義的なところがあって、モチベーションを保つためにはそれなりの報酬、という方針が貫《つらぬ》かれていた。休みも取れるし、人間関係も悪くはない。客層も上品だったから、かなう限りこの職場で頑張りたいと思っていた。

——そう。……少なくとも、娘がそれなりの年齢まで成長するまでは。

今後、金銭的な問題で夢を諦《あきら》めるようなことはさせたくなかった。

職を求めて面接に行くたびに、自分は無価値だと思い知らされる日々だった。前職はカタログ通販会社であり、社名だけはよく知られている。そこの営業部長をどうしてクビになったのかと必ず尋ねられ、正直に答えるとどこも雇ってくれなかった。

——もう、水商売以外では、無理かもな。

寝食を忘れるぐらい、前職では仕事に打ちこんできた。だが、俺を一人前になるまで育ててくれた創業者社長が逝《い》き、その息子が跡《あと》を継いでから、会社は変わった。俺は必要とされなかった。同意なく、彼らにされたことに対しての怒りやモヤモヤはある。だけど、あの行為にそれ以上の意味を探してしまいそうになっていた。からっぽの俺を満たしてくれる何かが、そこにはあるのかもしれない。

まだ頭がひどく混乱していた。

金の入った封筒を握りしめて、動けなくなった俺の肩を、オーナーが軽く叩いた。

「混乱してるんだったら、今は帰ってゆっくり休め。……今夜もくるだろ。休むか？」

——休み？

その提案を受けて、俺はオーナーの顔をぼうっと見つめた。

身も心も疲れ切っていた。今晩一晩ぐらいは、ゆっくり身体を休めたい。だが、仕事を辞めるとは思われたくなくて、俺は息つく間もなく、慌てて続けていた。

「今日は休みますが、明日は来ます……!」

その言葉に、オーナーは一瞬だけ目を見張って、それから柔らかく微笑んだ。そのときのオーナーの表情が何だか嬉しそうに見えたことに、鼓動《こどう》がとくんと乱れる。

オーナーはそのまま、俺の肩を励《はげ》ますように何度か叩いた。

俺は彼らに見送られて、店を出る。身体のあちこちに違和感があるせいかもしれなかったが、やけにふわふわしていた。

まずは帰宅して、泥《どろ》のように眠りたい。

今後のことを考えるのは、それからでいいはずだ。

【二】

「おとうさん、あのね」

久しぶりに聞いた電話越しの娘の弾むような声と、その後で元妻からメールで送られてきた入学式のドレスアップした写真が、俺をデレデレにさせた。

あの翌日。筋肉痛に軋む身体で出勤した俺に、オーナーは何事もなかったかのように接した。俺も何だか決まりが悪くて、その話題に触れることはできなかった。オーナーが俺の横を通るたびに漂うオーデコロンの匂いに過敏なほどドキドキさせられながらも、俺はいつものように勤務を続けるしかない。

勤務先である銀座の高級クラブには、ホステスが侍《はべ》る広いフロアがある。その一角にバーコーナーがあって、俺が普段いるのはそこだ。ホステスによる接客なしで飲みたい客は、こちらのバーコーナーを使う。

フロアからの注文をさばきながら、カウンターの客に飲み物を作ったり、話し相手になったりするのが俺の仕事だ。たまに、簡単な調理もすることがあった。

何百種類もあるというカクテルの作り方を覚えたり、客の相手をするのは毎日が勉強だった。前職で営業としてのノウハウを叩きこまれてはいたから、他人と接するのはあまり苦手ではない。プライベートでは猫《ねこ》すら話し相手がいない俺にとって、そこで他人と接するのは救いですらあった。

客と仕事の話になるたびに、昔、俺を鍛《きた》え上げてくれた創業者社長のことを思い出す。

――いい人だったんだよな。お客様第一で、夢を持ってて。いい感じに大ざっぱで。

今の雇用主であるオーナーとは、まるでタイプが違っていた。前職の社長はワンマンだったが、今の職場のオーナーはきめ細やかに従業員に気を配ってくれている気配がある。あんなことがあってからオーナーのことが頭から離れず、やたらと意識していた。

何につけても不思議《ふしぎ》なのは、どうして俺があのＶＩＰルームの客たちに目をつけられたのか、ということだ。繰り返し、そのことばかり考えている。自分の中に『特別』を見つけようとしては、挫折《ざせつ》する日々だった。

――ま、普通だよな、普通。

俺は掃除を済ませて制服に着替えるときに、鏡《かがみ》をのぞきこんでみる。

中肉中背に、特に特徴《とくちょう》のない、のっぺりとした顔立ち。

バーテンダーの黒服が似合うと客に言われたことが何度かあったが、単に姿勢がいいだけだろう。空気のように、その場にいるのに馴染むことを目指している。ＶＩＰルームの彼らのほうが、よっぽど見目麗《みめうるわ》しい。

――いかにもなプレイボーイの瑞樹さんと、抜き身の刀みたいなシャープな印象のある玲二さん。ダンディなオーナーに、……あと、こないだはいなかったけど、野獣《やじゅう》のような崩れた魅力《みりょく》がある今井さん。

彼らと比べたら、自分など何の取り柄《とえ》もないように思えてならない。

だが、ふと思い当たる言葉があった。

――ああ。……そういや、ゲイにとってはノンケは最高なんだと、聞いたことがある。

普段はゲイなのを隠しているという客が、ここで本性《ほんしょう》をさらけ出して、楽しげに喋《しゃべ》っていくことがあった。彼によると最高のカテゴリーはノンケで、それを食うのが何よりの楽しみだそうだ。

ずっと考えてみたが、せいぜいそれくらいしか、俺が彼らに目をつけられる理由がない。

――だけど、彼らはゲイなのか？　美女の落としかたについても、一通り話してたけど。

口説きかたや、決めゼリフは何になるのかについて、普通の容姿の女性と比べての攻略法などを具体的に話していたはずだ。

両方いける口なのだろうか。オーナーもゲイだと感じたことはなかったが、店のホステスに口説かれるたびに上手に躱《か》わしていた。従業員には手を出さないと公言していたのは、女性を寄せつけないための方便《ほうべん》なのだろうか。

――だけど、……俺も従業員だし。

考えれば考えるほど、よくわからなくなる。あのときに色っぽいだの顔がどうのと言われた記憶があるが、あれはいったい何だったのだろうか。

忙しく働いているうちに、二週間はあっという間にすぎていく。

今日が次回のＶＩＰルームの会合だという日、いつものように出勤したものの、彼らと顔を合わせるのだと思うと、だんだん息苦しくなってくる。

――どうすれば……いいのかな。

覚悟が決まらないまま掃除をして、ＶＩＰルームやフロアにグラスや酒を補充する。制服に着替えて飾り付け用のフルーツやフードの下ごしらえをしながら、俺はオーナーを探した。

――やっぱ無理だ。……担当、変えてもらおうかな……。

何事もなく乗り越えられるような気がしていたものの、いざ会合の時間が近づいてくると、ストレスに胃がキリキリしてきた。あれは一度きりの酔狂であって、二度目はないはずだと自分に何度言い聞かせてみても、絶対に無いとは言い切れない。押し倒され、犯されて喘いだ自分の姿を思い起こしただけで、顔から血の気が失われていくのがわかる。

——あれから、……何度も抜いた。

初体験以上の、強烈な性体験が頭から離れなかった。男としてのプライドを踏みにじられ、他人の性器を下肢と口にくわえこまされるなんて、人生が塗り替えられるほどの熾烈《しれつ》な記憶だった。体内で脈打つ他人の性器の感触に、慌てて飛び起きたのも一度や二度ではない。だけどそんなとき、俺は勃起していた。その熱を持てあまして、息を乱しながら自慰《じい》をした。

忘れたいのに、忘れられない。これ以上、おかしな体験を重ねてはならない。

あんなのは美形な彼らの気まぐれだ。彼らの性欲が俺に向けられたのはたまたまでしかないはずなのに、愛されて求められたような感覚が残っていて、俺を惑《まど》わせる。

悔しいのは、あんなことまでされたというのに、彼らのことを憎めないことだ。

ろくでもない仕事をしているのは、彼らの会話の内容から推察できた。借金でがんじがらめにした素人女をAVに出演させたり、麻薬を大量に売りさばいたりしているようだ。彼らが実際に手を染めている犯罪の証拠はつかめなかったが、異様に手口に詳しいから関係者には違いない。

——だけど、……店にいるときの彼らは、まともなんだ。

礼儀正しく、俺に対する態度にも嫌味《いやみ》がない。頭がよくて会話のテンポが良く、彼らのような胆《たん》力《りょく》や知識の幅があれば、充実した人生を送れるんだろうな、とうらやましく思うほどだ。俺と五歳しか違わないのに、繁華街《はんかがい》の一等地に何軒も店を持っているオーナーのように。

——犯罪に関わるのは、無理だけど。

いつ捕まるかという恐怖と、罪悪感に耐えられそうにない。拾った百円すらも着服できずに、届けてしまうタイプだった。

——今日はオーナー、……店に来てるはずだよな。

いくつも店を持っているから、オーナーと毎日顔を合わせるわけではない。だが、二週間に一度の同級生の会合が開かれる金曜日の夜には、必ずこの店に姿を見せていた。この会合は、オーナーにとっても楽しみなものらしい。いつもリラックスした表情を見せている。

開店準備が一段落ついてから、俺はオーナーの姿を探して事務室に向かった。そこにオーナーがいるのを見つけて、室内に他に誰もいないのを確認してから、後ろ手でドアを閉める。

「すみません、少しいいですか」

「ああ」

重厚な雰囲気のあるフロアとは違い、事務室はあくまでも機能的な作りだった。壁にはシフト表が貼られ、各ホステスの売上がグラフで表示されている。二つしかないスチール製の奥の机に、オーナーが座っていた。

整った彫りの深い顔立ちに、少しウェーブのかかった髪。誠実そうな目の光。俺を見る目がどこか憂《うれ》いを帯びているように感じられて、それが余計に胸を騒がせる。不慣れな仕事に苦労していた俺は、オーナーに励《はげ》まされるたびに、いつかはこの恩を返すのだと誓ってきた。

「相談があるんです」

俺はきつく拳《こぶし》を握った。ずっと避《さ》けていた話題だけに、緊張に全身が強張っていく。

「ああ。どうした？」

「――今日のＶＩＰルームの担当から外してください。今日っていうか、……今後、できましたら、ずっと」

焦りのあまり、早口になった。

喋っているうちに、オーナーの顔を直視できなくなる。うつむいた顔面に、オーナーの強い視線が浴びせかけられるのを感じた。

「どうして？」

低音のいい声で正面から尋ねられて、どう返答しようか困った。あんなことをされたら担当から外して欲しいと願うのが当然だと、オーナーは思っていないのだろうか。

「どうしてって、……その……っ」

二週間前のセックスのことを言葉にできなくて絶句すると、オーナーが席を立った。

俺のすぐ目の前までやってくる。部屋は狭かったから、一歩下がっただけで俺の背は壁に触れた。

俺よりも十センチほど背が高いオーナーが壁との間に手をつき、顔をのぞきこんでくる。その圧迫感と気恥ずかしさに、鼓動はどんどん早くなった。

息苦しさを感じながらも、俺はどうにか視線を上げる。ここで、雰囲気に呑まれるわけにはいかない。犯された記憶が、脳裏に鮮明《せんめい》に灼きついている。

「前回の……ことが、……ありますから」

これでわかって欲しい。男が同性に犯されるなんて、許容しがたい事実でしかないはずだ。あれを認めてはいけない。

そう思っているというのに、オーナーの笑みを含んだ返事は意外なものだった。

「前回の、……何？」

ハッキリと伝えなければならないのだと悟った途端、俺は反射的に叫《さけ》んでいた。

「もういいです！」

これ以上、自分からはこの話題に触れられない。追い詰められて、心がショートしそうだ。

オーナーの腕から逃れて逃げ帰ろうと動いたときに、腕をつかまれた。そのまま、抱きすくめられる。オーナーの硬く逞しい胸板の感触を感じて、ぞくっと震えが背筋を駆け抜けた。

「良くない。前回の、……何だ？」

俺の耳元で、オーナーが低く囁く。こんなのは反則だ。男に抱きすくめられてときめく趣味などなかったはずなのに、驚くほど力が入らない。吐息のかかった首筋からじわじわと痺れが広がって、そんな自分にパニックに陥りかけていた。泣きそうだ。

「……やめて……欲しいんです。……俺には、そういう趣味、ありませんから」

「そうは見えなかったけど」

からかい混じりに言われて、カッと耳まで熱くなる。

確かに感じていた。だが、男に抱かれて喘ぐ自分を許せない。オーナーの腕の中で、どくんどくんと鼓動が鳴り響く。このまま流されてはいけない。

「そういう問題じゃ、……ないんです……！」

ぐちゃぐちゃと感情が乱れていく。オーナーの腕すらふりほどけない自分が信じられない。

「だったらどうしたいの？　私たちと付き合う？」

——付き合う？

その言葉に、耳を疑う。

何を言われているのかわからなかった。俺は懸命《けんめい》に力をこめてようやくオーナーの腕を振り払い、壁に肩を押し当てる。正面からオーナーを見た。

オーナーの表情は、冗談を言っているようには見えなかった。だけど、そもそも付き合うとはどういう意味なのかさえ理解できず、混乱ばかりがつのっていく。

「ですから、……っ、付き合うとか、付き合わないとか、そういうのではなくて」

「わけがわからないな。君はそもそも、どうしたいんだ？」

わけがわからないのはオーナーのほうだと、追い詰められた俺は叫びそうになる。だけど、そもそも自分の気持ちを計りかねているのだ。二週間経っても気持ちが整理できず、自分が何を望んでいるのかさえわからない。

そのことがようやく自覚できて言葉を失った俺に、オーナーは重ねて問いかけてきた。

「ここを辞めたいわけじゃないんだろ？」

そのことは明らかだったから、俺はすんなりとうなずいた。

ここはいい職場だ。辞めたくはない。だが、ＶＩＰルームを担当したくないと言ったら、俺はクビになるのだろうか。

そう思っただけで、不安に指先まで冷たくなる。息を詰めて、オーナーの言葉の続きを待つことしかできない。

不自然な沈黙《ちんもく》がしばらく続いたのは、オーナーのほうも俺が何か言うのを待っていたのかもしれない。

その後で、オーナーは結論を出すように言った。

「……とにかく、担当は替えない。今日もＶＩＰルームを担当するのは、君だ」

俺はぎゅっと拳を握った。その言葉の強さにうなずいて、何も言えないままフロアへと戻る。

だが、戻ってからも混乱は続いていた。オーナーの言葉の真意がわからない。何でＶＩＰルームを担当するのが俺だけなのか、他の人ではいけないのか。秘密が漏れないためというのなら、別の口が固い従業員でもいいはずだ。

だが、オーナーに強要されたことで、担当するしかないと覚悟は決まった。

今日、また何かが起こったとしても、キチンと断ればいい。

そう自分に言い聞かせることで、少しだけ落ち着く。初めての同性同士の関係を前にして立ちすくみ、理性的な判断などできなくなっていた。

深い沼の泥の上に踏みこんで沈むのを待っているような恐怖が、心のどこかに存在している。だが、そうやって自分が窒息《ちっそく》することを望んでもいるような、奇妙な心理状態にも陥っていた。

店の開店時間は、夜の六時からだ。その時刻から、金曜日と休前日は二十五時まで、その他の日は二十四時までの営業となる。

開店時間になると客と同伴出勤のホステスが次々とフロアを埋《う》め始め、俺はテーブルで作る水割り以外の注文やフルーツやフードの注文をさばきながら、ＶＩＰルームの客が来るのを待っていた。

いつものように、午後八時すぎに最初に顔を見せたのは瑞樹だ。瑞樹は俺がいるバーカウンターを通り過ぎるときに、にこやかな笑みを残していく。

その直後に、姿を見せたのが玲二だ。玲二は俺をチラッと眺めただけだった。その姿や態度は、いつもと変わらない。

さらに三十分ほど経過してから、この間は仕事で来ていなかった今井が顔を見せた。今井はバーカウンターに寄って、小さな包みを置いていった。

「お土産《みやげ》。酒のつまみに最適な佃煮《つくだに》」

包み紙に記されていたのは、京都の有名な老舗《しにせ》の屋号だ。

今井は食い道楽で、旅行したときにはちょくちょくこうしてお土産を持ってきてくれる。甘い物よりも、このようなつまみが嬉しい。

「ありがとうございます。後で、皆さんにもお出ししますね」

「ン」

軽く顎をしゃくって、今井はVIPルームへと向かった。ボクサーなど格闘技《かくとうぎ》系の印象がある鍛え抜かれた身体つきに、だらしなく緩められたネクタイ。やたらと膨《ふく》らんだ鞄《かばん》。その後ろ姿を眺めながら、あの場にいなかった今井にだけは前回の出来事が伝わらなければいいな、と願ってしまう。

何度かVIPルームまで往復して、彼らのために酒や氷、水などを運んだ。そうしながらも、フロアの注文を忙《いそが》しくさばく。十時すぎに、俺は別のバーテンダーと持ち場を交替してVIPルームに移動した。

VIPルームはフロアよりも一段と重厚で落ち着いた内装になっており、まるで宮殿《きゅうでん》の一室だ。分厚い絨毯が敷かれたその中央には、海外ブランドの黒革《くろかわ》のどっしりとした応接セットが二つ、置かれていた。最大で二十人ほどが入れる部屋だったが、彼らは奥のほうの、大理石の飾り暖炉《だんろ》の近くの応接セットのほうに陣取ることが多かった。

ローテーブルの前で、まずは片膝をついて氷を補充する。何とはなしに見られているのを感じて、少し動きがギクシャクした。

「娘さんの、……日葵ちゃんの入学式は、無事済んだ？」

にこやかに話しかけてきたのは、瑞樹だった。たった一度聞いただけの娘の名を覚えている瑞樹の社交力に驚くのと同時に、まずは礼を伝えておかなければならないと、俺はハッとした。

「はい。先日は、ありがとうございました。お祝いをいただいたおかげで、娘の入学式も無事すみました。後から、こんなメールが」

俺は携帯を取り出して、元妻からメールで送られてきた入学式の写真を見せる。ピンク色のひらひらとしたドレスを着た娘と、元妻が写っているものだ。彼らはその携帯を次々とのぞきこんで、娘が可愛いと口々に褒めてくれる。それだけで、デレデレとした笑顔が隠せなくなった。

先日のことなどなかったかのような雰囲気に、俺は少しだけ落ち着いてきた。

――よかった。……やっぱり、……あれは、単なる、気の迷い……。

そのとき、フロアの客への挨拶《あいさつ》回りをしていたオーナーもＶＩＰルームにやってくる。俺はオーナーにも礼を伝えてから立ち上がって、ＶＩＰルームの端《はし》にあるミニバーコーナーで彼らのために飲み物を作り、おつまみやフルーツを運ぶ。彼らはそれらを飲み食いしながら、話し始めていた。

いつもと変わらない時間が流れていく。

時計が、十二時を回った。

そろそろ、お開きの時間が近いはずだ。

このまま、今日は何事もなく終わると思った。少しずつ片付けの準備を始めていたとき、俺のいる片隅のミニバーコーナーにふらりとやってきたのは、今井だった。

「飲む？」

酒を勧められて、今井のお気に入りのバーボンのお相伴《しょうばん》を受ける。

「ありがとうございます。いただきます」

ロックグラスに二センチぐらい注いでちびちびと飲んでいると、俺と同じくバツイチだという今井が別れた妻についてひとしきりぼやいた後で、おもむろに切り出してきた。

「前回は楽しかったんだって？」

その言葉に、ゾクッと冷たい戦慄が背筋を突き抜ける。息が詰まった。

――今、何て……。

それは、何のことを指すのだろうか。汗が背筋を伝うのを感じながら、俺は青ざめた顔で曖昧《あいまい》に微笑むことしかできなかった。

「何のことでしょうか」

前回いたメンバーならともかく、不在の今井にまで話が伝わったなんて衝撃だった。

誰が話したのだろうか。今井が知ったのは、今日なのだろうか。どうでもいい話題の一つとしてなのか、笑い話なのか、失敗談なのか。どのみち、考えることを頭が拒否《きょひ》する。

固まった俺を、今井が目でねめつけながらあざ笑うように言い放った。

「とぼけんなよ」

ボクサーのように締まった筋肉質の身体つきと、餓《う》えた狼《おおかみ》のような目。

瑞樹と玲二は年齢よりも若く見えるが、今井とオーナーは年相応な落ち着きを感じさせる。元々は高価なスーツを我流に着崩していた今井の全身から、カタギではない匂いがプンプンする。

――たぶん、悪徳ジャーナリスト。

俺はそんなふうに踏んでいた。今井はいつでも、ひどく忙しそうだ。『締め切り』とか、書類の提出が間に合わないとか、そんなことをぼやくことが多いから、出版に関わっているのだろう。書き物が多いから肩が凝《こ》ってたまらないとも、言っていた。

俺の前の職場でニュースになるような不祥事があったときに、今井に似た雰囲気の男たちが大勢押しかけてきたのを覚えている。表沙汰《おもてざた》にしたくないような事実を根掘り葉掘り探り当てて、その機関誌への広告出稿をねだり、それを高額で大量に買い取らせようとしてきたのだ。つまりは、合法的なゆすりたかりだ。

弁護士に入ってもらってどうにか断ることができたが、かなり対応に苦労した。

――今井は、その男たちと雰囲気がそっくりだ……。

今井は法律の知識と情報をふんだんに持っている。企業や政治家の不祥事《ふしょうじ》についても、異様なほど詳しい。その独特の嗅覚《きゅうかく》で不祥事を探り当てては、法律スレスレの荒稼《あらかせ》ぎをしているのだろう。礼金として数百万せしめた、だの、勝っただの負けだのだという話も多い。賭《か》け事にもはまっていて、大金が必要なのかもしれない。

「とぼけるも何も」

俺はすうっと視線をそらせ、曖昧にごまかそうとした。ＶＩＰルームの彼らと顔を合わせることによって、前回の記憶が嫌になるほど濃厚に蘇っていた。自分があんなにも大きく足を広げて瑞樹たちを受け入れたことを思い出しただけで、目眩がする。甘ったるく喘いだことも。

だが、カウンターの上に今井が乗り出してきた。

「とぼけられると思うな」

「おおい」

そのとき、応接セットにいた瑞樹が片手を大きく上げて、俺を呼んだ。そちらを向くと、ボトルを振って合図してくる。それが空いたのだろう。

俺は反射的に屈みこみ、瑞樹のお気に入りのレミーマルタンを取り出した。それから、今井に軽く頭を下げ、瑞樹のいる応接セットに逃げるように向かう。

一人で残されるのも退屈だったのか、今井も自分のグラスを持って、俺の後をついてきた。

俺が床に片膝をついて新しいレミーマルタンを開封し始めると、今井はその前のソファにどかっと腰かけて、足を組んだ。

それから、ソファの肘掛《ひじか》けに腕を突っ張り、これみよがしに言ってくる。

「あーあ。俺、どうして前回いなかったんだろうな。締め切りなんてぶっちぎって、ここに来てればよかった」

「期日はしっかり守れ。他が迷惑する」

冷ややかに突っこんだのは、玲二だ。

「でもまぁ、いなくてよかったのかもしれないぜ。さすがにこの人数相手にするのは、正人の身体が持たないから。おまえ、野獣だし」

瑞樹がニヤニヤと笑う。

こんなふうに露骨《ろこつ》に話題にされることに、俺は耐えられなかった。どんな顔をしていいのかわからなくて、一心に作業を続けることしかできない。上手に受け流すことができないから、この手の性的な話題は苦手だ。喉がからからになって、手がすべりそうになる。

それでも、どうにかレミーマルタンを開封して漂ってくる芳醇《ほうじゅん》な匂いを嗅ぎながら、新しいグラスに人数分の飲み物を作る。それが、新しいボトルを入れたときの彼らの儀式だった。

俺はグラスを各自の前に配ってから、空いたグラスやボトルを下げるために、一旦、席から離れようとした。

だが、立ち上がりかけた俺の前に長い足を伸ばしてきたのは、今井だった。俺をソファとローテーブルの間に追い詰めて、底光りする目を向けてくる。

「俺がいないときに抜け駆けされるなんて、そんなのないと思わない？」

ふらりと立ち上がられ、手首を強い力でつかまれて、ソファの外に連れ出される。何をされるのかと身構えた俺は足をあっさりすくわれて、気づけば分厚い絨毯の上に尻餅《しりもち》をつく形になっていた。

慌てて立ち上がろうとした俺の肩を、今井がつかむ。

――え……。

焦りながら見上げたとき、今井が上から覆い被さっていることに気がついた。

全身で感じる今井の筋肉質の身体の圧力に、息が詰まる。パニックもあったが、身体の芯が燻《いぶ》されたように熱くなっていくことに俺は焦った。

「やめて……ください……」

押し出した声は、自分でも驚くほどかすれていた。怯《おび》えすら感じ取れる声の響きに、自分でも驚く。

そんな自分への嫌悪感もあって、俺は思いっきり今井の下から逃れようとあがいた。だが、その動きをことごとく受け流され、ますますしっかり今井に組み敷かれていくばかりだ。

何でこんなことになっているのだろうか。あれは、一度きりの悪ふざけだったはずだ。見上げた目に、前回も見たシャンデリアの輝きが飛びこんできた。

「へえ。……聞いた通り、いい顔をするな」

顔をのぞきこまれながら顎をつかまれ、殴《なぐ》られそうな気がして歯を食いしばると、いきなり唇にぬるつくものが押しつけられた。弾力のある生温《なまあたた》かいものの感触に驚いて口を開くと、その隙間から舌が入りこんでくる。

「ふ……ッ」

舌をからめとられただけで、信じられないほど生々しい疼きが下肢まで響いた。

――何だ、これ……っ。

ざわざわと、全身の細胞《さいぼう》が騒ぎ始める。疼きが生まれるのと同時に、全身から力が抜けていく。どうしてあのとき、力いっぱい振り払えなかったのかと、後になってさんざん考えた。無抵抗に犯された自分を受け入れられずに責めたものだが、また同じ状況に追いこまれると、驚くほど身体が動かない。息苦しくて、呼吸を確保するだけで精一杯《せいいっぱい》だ。

舌をからめられながら太腿や脇腹《わきばら》をまさぐられているだけで、びくびくと身体が不規則に跳ね上がった。服の下で不覚にも、自分が勃起《ぼっき》し始めているのがわかる。それを知られたくなくて、必死で身体を落ち着かせようとしていた。

「俺に隠れて、正人を食うなんて許せないんだけど」

キスの合間の今井のぼやきに、瑞樹が楽しげに笑った。

「狙《ねら》ってたのが自分だけだと、思ってたのが悪い」

今井から必死になって顔を背《そむ》けようとしたとき、頭を大きな手で押さえこまれて首筋に舌を這わされた。耳朶《じだ》のあたりに舌を突っこまれて、鳥肌立つような痺れが次々と駆けめぐる。

「やめて、……ください」

助けを求めて、俺は悲鳴に似た声を張り上げる。だが、暖炉のすぐ前の床に押し倒された俺を、誰一人として助けてくれそうな気配はなかった。今井の下の限られた視界から、俺は彼らをうかがう。

瑞樹は俺たちが見える位置のソファに移動して、興味津々《きょうみしんしん》といった様子でこちらを観察していた。オーナーは玲二と話を続けており、チラチラとこちらに視線を向けてくるだけでそれ以上の動きは見せない。

カマーベストに続けてシャツを剝ぎ取られた俺は、上擦った声で繰り返した。

「冗談……、やめてください……」

フロアにはいくらでも美女がいる。VIPルームを担当したいと願うホステスは、一人や二人ではないのだ。こんな冗談に付き合わされたあげく、ぽいと捨てられる予感しかしない。誰かに捨てられるのは、元妻だけで十分だ。

「冗談だと思ってんの？」

今井がくくっと喉を鳴らした。

俺の顎をつかみ直して、大型犬のように、長い舌先で鼻の横をべろんと舐めてくる。それから、上半身だけ剝いた俺のベルトに手をかけた。

「——残念ながら、本気なんだ。悪酔いして動けなくなったとき、優しくしてくれた相手に男は弱い。惚れて、犯したくなるほどに」

そんなつぶやきに、どくりと鼓動が鳴り響いた。

——本気って、……まさか……。

悪酔いした今井を介抱したことは、何度かある。いつも寝不足のギリギリの状態で来ていることが多いから、少し飲み過ぎただけでぶっ倒れるのもしょっちゅうだ。

——だけど、……そんな……。

ためらいなくベルトが外され、さらに下着ごとずるりと下を脱がされそうになって、俺は焦った。いくら好感を抱いているとしても、それとこの行為は直結しないはずだ。その二つの間には、越えられない壁があるはずなのだ、同性という。

だが、剝きだしにされた性器を無造作につかまれて、大きく腰が跳ね上がった。

「…やめ……てくださ……っ、冗談…は……っ」

自分が思っていたよりも、そこはずっと反応していた。そのことに狼狽していると、今井はその輪郭《りんかく》をねっとりとなぞりながらくくっと喉を鳴らす。

「ここをこんなにさせたら、嫌だなんて通用しねえよ？　前回、まんざらでもなかったんだろ？」

俺のそこをもっと硬くさせようとするような淫らな指の動きに、身体の熱が一段と煽《あお》り立てられる。感じてはダメだと自分に言い聞かせるほど、そこにドクドクと血液が流れこんでいく。

「これは、……っ、違いますから……っ」

「何が違うんだよ」

「今井は、女嫌いだからな」

呑気《のんき》に口を挟んできたのは、瑞樹だ。

「泥沼の離婚騒動を経て、めっちゃ女嫌いになってんだよ、今井は。香水の匂いで、吐き気を催《もよお》すほどな？」

「うるせえ」

早く今井から逃れて、このＶＩＰルームから逃げ出さなければ、前回の二の舞だ。ＶＩＰルームは防音が施《ほどこ》され、俺とオーナー以外、今日この時刻に従業員がＶＩＰルームに出入りすることは禁止されていた。自力で逃れる以外にないだろう。

「っう、ぁ……っ！」

なのに、今井のてのひらと敏感な亀頭が擦れあう感覚に、力が抜けていく。しごきあげられるたびにびくんと身体が震えて、たちまち前回と同じような状態に陥ってしまう。

「っぁ、……、…ッン……っ」

犯されたときのことを思い描きながら、たまらない身体の熱を自分で慰めたこともあった。

だが、あれはたった一回の過ちで、二度もこれが現実になるなんて思っていなかった。だからこそ、これは紛《まぎ》れもなく現実だというのに、半分夢の中にいるような、奇妙な感覚がつきまとう。

「やっぱ正人、すごいエロい顔するよな。見てるだけで、落ち着かなくなってきた」

瑞樹がソファから立ち上がり、床の絨毯の上に膝をついて、俺の顔を真上からのぞきこんだ。

今井にペニスを握られ続けている俺は、どうにかしてこの状況から逃れようともがいた。だが、身体をひねることができた途端にうつ伏せに押さえこまれ、手首をねじあげられる。

「縛っちゃう？」

「だな。そのほうが面倒ないし、正人も縛られるのはまんざらでもないみたいだぜ」

今井が瑞樹の言葉を受けて、自分のネクタイを抜き取った。手首を縛られてしまったら、これ以上抵抗できなくなる。それが怖いというのに、同時にぞくぞくとしたものが身体の奥底からにじみ出すのはどうしてなんだろう。絨毯にこすりつけられるペニスが、さらに熱を蓄える。

「も……っ、やめて……ください。お願い……ですから……」

俺の手首を縛りながら、からかうように今井が聞いてきた。

「本当に嫌なの？」

「あたり……まえ…です…っ」

「だったら、この身体で確かめてみようか。前回はひどくとろとろになってたって聞いたけど、今回もそうなるかな」

今井が俺の腰をつかんで仰向けにひっくり返し、ペニスのあたりに屈みこんでくる。生温かい息がかかった直後に舌が這わされ、愉悦に息が詰まった。

「つぁ、……っう、……っ」

焦らし混じりの絶妙な舌の動きに、痺れる感覚を掻き立てられる。

「……っぁ、あ……ッン……っ」

唾液をからめてじゅじゅっと吸われる悦楽にのけぞると、その顎を瑞樹がつかんだ。

「あれから、……俺たちにされたこと、思い出した？　興奮して、抜いた？」

瑞樹が前回の悦楽を蘇《よみがえ》らせようとするかのように、俺の上半身に手を伸ばしてくる。筋肉にそっててのひらを動かされただけで、尖りかけた乳首が引っかかり、ぞわっとした刺激が走り抜けた。

「……して……ませ…、ん、……」

否定したが、それは嘘《うそ》だ。

あのときの興奮が夢に出てきて、何度もペニスに手が伸びた。思春期に戻ったように、ペニスがやたらと熱くてたまらなかった。だけど、自分で得られる快感は、あのときのものとはまるで違っていた。

ペニス全体が今井の口腔の熱いぬるつきでしごきたてられるたびに、俺はたまらなくなって腰をせり上げた。

「ふ、ぁ、……ん、ン！」

口全体できゅっと締めつけられるだけではなく、抜かれるときにぬるんと肉厚の舌が尿道口をなぞる。

瑞樹やオーナーだけではなく、今井のテクニックもすごい。くわえこまれただけで全ての余裕が失われるほど、ガチガチに固くさせられたペニスに与えられる悦楽だけが俺の全てとなっていた。

たっぷり先端に滲《にじ》んだ蜜を尖らせた舌先で周囲にまぶされて、腹筋がビクンビクンと揺れてしまうのを止めることができない。

「はっ、……は、は……」

「嘘つきなこの身体にどう聞いたら、嫌だとか言わなくなるかな。……俺にくわえられてイかなかったら、同意じゃないってことでいいか？」

今井からの提案を耳にしただけで、自分が負けると思った。そんなのは無理だと言おうとしたが、すかさず瑞樹が俺の逃げ道を塞《ふさ》ぐ。

「男はメンタルな生き物だしね。本当に嫌だったら、イケないはず」

玲二の声も、その会話に切りこんできた。

「逆を言えば、イったら同意したってことで、何をしてもかまわないってことか」

さすがにオーナーが、低い声でそれに突っこんでくれた。

「おまえら……」

だが、オーナーはそれ以上言葉を発しない。そんな彼らに反応を探られているのを感じながら、俺は靴下《くつした》と靴と蝶《ちょう》ネクタイだけを残した姿で、淫らな口淫《こういん》を受け続ける。

「つうぁ、……っぁ、……ぁ……っ」

口腔の熱さと粘膜がぬめる感覚に、喘ぐことしかできなくなっていた。

今井の口の動きに合わせて腰を突き上げてしまいそうになるのを必死で我慢していると、瑞樹が俺の乳首をつまんでくりくりと擦り合わせてくる。体内で複雑に響きあう快感に、指先や足先までもが、びくびくしてきた。

乳首を指先で硬く尖らせてから、瑞樹は身体の位置をずらして、そこに顔を埋《うず》めた。

「っ……」

乳首で感じた口腔の熱さに、ぞくぞくっと身体の芯まで震えが走る。

乳首を吸われるたびに生まれる悦楽が、今井の口の中にあるペニスへ流れこんでいく。二つの悦楽が響き合う感覚に溺れていると、瑞樹の反対側に膝をついて、もう片方の乳首に顔を埋めてきたのは玲二だった。

「っぁ！」

二人の男に乳首をそれぞれにしゃぶられるほど、正気を失わせるものはない。それぞれの口腔の熱さに、タイミングや強さの違う、舌の動かしかたが加わる。吸う強さも、歯を当てる感じも、まるで違っていた。

身体の感じるところにバラバラに与えられる刺激のどこにも集中できずに、ただ体内を駆けめぐる快感にビクビクと震えていると、今井の手が俺の膝をつかんで片方立てた。後孔を指でかすめられた感触に、ふと正気に引き戻される。

目を開くと、俺の正面に陣取った今井と目が合った。

――今回も、……犯される……のか……？

それを再び味わいたいという欲望はあったものの、あれは禁断の悦楽だ。

自分が男でなくなるような恐怖があった。だが、その壁を越えてしまったときの背徳感と悦楽は何ものにも代えがたくて、身体が熱く疼きだす。

――違う、……っ、やられ……たく……ない……っ。

身体がこんなふうに反応していないときだったら、きっぱりと拒《こば》むこともできたかもしれない。

だが、ペニスの熱さに呼応して、中の粘膜が疼いている。

その痒い部分を思いきり掻き回して欲しいような渇望《かつぼう》をより煽り立てるように、今井の指はその縁《ふち》をなぞってきた。

そんなふうにされると、逆に縁のひくつきを自覚させられる。それを今井に知られたくなくて、俺は必死になって訴えた。

「こんなの、……絶対に、……俺が……不利に……」

「だったら条件変えようか。イかせてくれってねだったら、おまえの負けってことにしてもいいぜ」

「え？」

自分がそんなふうにねだる姿など、まるで想像できない。さすがに、そんなことにはならないだろう。

「ああ、それ、いいね」

瑞樹が勝手にうなずいてから、硬くしこった乳首をきつく吸い上げてくる。そこから、キュンとするような狂おしい快感が全身に響いた。

自分でも知らなかった快感のスポットが、全身のあちらこちらに潜んでいることを一つ一つ覚えていく。一番未知の快感が潜んでいるのは、やはり後孔かもしれない。そこを今日も性的に嬲られたら、自分がどれだけ乱れるか想像もつかない。

「んじゃ、そういうことで」

今井が勝手に決めた後で、俺の裏筋の血管を舌先から先端までなぞっていく。先端からにじみ出す蜜を吸い上げてから、じゅぷじゅぷと音を立てて口全体で嬲った。あまりの快感に、一気に射精まで追いこまれそうになる。

「ツン、……っはぁ、……は、は……っ」

　だが、このままイク、という予感にぶるっと震えた瞬間、今井はリズミカルな刺激を断ち切った。口腔全体でしごくのは止めて、ガチガチになったペニスの蜜が湧きだす部分ばかりを集中的に舐めずったり、血管の上を舌先でなぞったりして、ギリギリの瀬戸際《せとぎわ》で俺を翻弄《ほんろう》し始める。

「っふ、……ぁ、あ、あ……」

　あと少しでイけそうだった絶頂に届かずに焦らされて、ガクガクと腰が揺れる。

　腰全体が痺れていくような、絶頂寸前の快感を持て余す。早くこの波が引いてくれることを願いながら、今井がペニスに施す緩やかな快感に歯を食いしばった。

　今井の意図を読み取ったかのように、瑞樹も乳首をねちっこく弄ってくる。こりこりになった部分を強弱をつけて転がされ、強く吸ったり、柔らかく舐めたりされる。玲二のほうも乳首をしゃぶることに愉悦を覚えているのか、ひたすらマイペースに舌先で嬲っていた。

「っぁ、……っぁ、……ン、ン」

　腰の奥で、狂おしいほど熱いマグマが渦巻《うずま》く。行き場を無くした悦楽が、体内を駆けめぐる。身体がどんどん熱くなり、あちらこちらから分泌《ぶんぴつ》される液体が濃度と量を増した。

　快感はいたずらに、体内で蓄積されるばかりだ。

　――ダメだ、……言っては……。

　頭のどこかで、先ほどの約束を認識していた。イかせて欲しいと俺からねだらせるために、そんなことをされている。

「ん、ん、ん……っ」

　焦れったさに腰が浮き、感じるところを今井の口に押しつけそうになっていた。そのことに気づいて、今井が浅くくわえ直す。先端だけを執拗に舐め回されて、後はただ射精することしか考えられなくなった。身体に力を入れたり抜いたりして、絶え間なく身じろいでしまう。

「そろそろ、限界っぽいね」

玲二の声が遠く聞こえるほど、忘我《ぼうが》の淵《ふち》まで追いこまれていた。何度も身体に不自然な痙攣が走り、吐き出す息がひどく熱く感じられる。にゅるにゅると尿道口から溢れる蜜を舐められた後で、口腔全体で根元から先端までちゅぷちゅぷともてあそばれると、気が遠くなってきた。

「つぁ、……つぁ、う……っ」

脳天から足の先まで、悦楽が詰まっていた。太腿の痙攣だけではなく、足の先まできゅうっと丸まってくる。汗が止めどなく湧きだし、全身の感覚が過敏になってきた。

「イきたい?」

今井の尋ねる声が、幾重《いくえ》にも重なって聞こえる。この狂おしい地獄《じごく》から俺を救い出してくれるのは、その言葉にうなずくこと以外考えられなかった。俺は救いの糸が差しのべられたタイミングを逃すまいと、必死になってうなずこうとする。

「…っ、ぅあ……っ」

だが、うなずいたら犯されるんだと気づいて、ギリギリのところで我慢した。

自分が何のために意地を張り続けているのか、わからなくなる。

開きっぱなしになった口の端から、どろりと唾液が溢れた。すでに理性は、どこかに消え失せる寸前だ。れろれろと乳首を舌で舐め溶かされるたびに、甘ったるい悦楽が腰まで響く。襞もひくついて、全身の粘膜という粘膜が熱く疼き出していた。

「……強情だな」

今井が笑って、その疼いている中心にいきなり指を押しこんできた。その指を全身でぎゅうっと締めつけた瞬間、どくんと脈が弾けた。

「う、あ！」

そのままイクかと思った。ギチギチに指を締めつけながら、ガクガクと腰を振る。だが、射精の衝動に身体が丸くなったそのタイミングを逃さず、今井がペニスの根元を指で強くつかんだ。

「う！　ぁ、……ぁ、ひ、……ぁっ、あ、あ……っ」

行き場を無くした精液が逆流するような狂おしい体感にうめくと、今井がさらに乱暴に体内を掻き回す。

「イきたいって言うまで、……イけねえぜ」

狭くて違和感のある場所を、そんなふうに指でぬぷぬぷと掻き回されて、頭が真っ白になりそうな刺激に腰が揺れた。

もう限界だった。

「イき……たい……っ、イか……せて……ください……」

気づけば、かすれた声でそんなことをせがんでいた。生理的な涙が溢れる。指だけではなく、もっと大きなもので蕩《とろ》けきったその部分を思うさま掻き回して欲しい。思いきり射精したい。それこそが、今の俺の切迫した願いの全てだった。

俺の膝を抱え上げて、今井が勝ち誇《ほこ》ったように下唇をベロリと舐めた。

「だったら、俺の勝ちな。このまま、犯らせて」

今井がペニスから手を離し、射精限界まで高められた身体からも指を抜き取る。

代わりに大きく広げられた足の中心にペニスが押し当てられ、熱く疼く体内を強引に押し開かれていく。怖くて拒《こば》みたいのに、この状態ではまるで身体に力が入らない。

狂おしいほど襞を割り開いて入ってきた今井の雄がある深さまで達したとき、息を呑むほどの強烈な快感が腰に広がり、俺はのけぞりながら達していた。

「ひぁ、……っぁ、あ……っ」

がくがくと、弛緩と収縮を繰り返しながら、今井に貫かれたまま、ペニスに溜まっていた精液を何度にもわけて吐き出す。ぎゅっと身体が縮むたびに、体内にある今井の性器の存在を思い知らされた。それが体内で襞と強く擦れるたびに、ぶるっと震えて射精してしまう。

イった後も今井のペニスはそのまま、俺の中で異様なほどの存在感を放っていた。射精後で身体に力が入らず、柔らかくなった部分で今井のものはゆっくりと動きはじめる。

襞全体をその大きなもので擦りあげられるたびに、さざ波のような愉悦が広がった。

「……ぁ……っ、ぁ、……ン……」

こんなふうに、挿入《そうにゅう》された直後から感じるなんて思っていなかった。

中の粘膜が敏感になっているのか、ペニスが体内を行き来しているだけでも、そこから身体が蕩けそうになる。ひくひくと足の付け根から、全身に痙攣が走った。

達したときの余韻がまだ色濃く残っていて、中を穿《うが》たれるたびにその痺れが引き起こされる。

身体を開かれている感覚にはまるで慣れないというのに、今井の動きは絶え間なく続く。

「ふぁ、……っぁ、あ……っあ」

射精直後の弛緩《しかん》が治まっていくにつれ、太い切っ先が体内を往復しているのが、よりハッキリと感じられるようになった。違和感はあるのに、身体は少しずつこの大きさに慣れて、自分では受け入れがたい甘さばかりを送りこんでくる。

「ふ、……は、は……っ」

今井の動きに合わせて腰が動いてしまいそうなのをこらえていると、俺の頭を抱えこんできたのは瑞樹だった。

「また、入れられちゃったな」

あやすように俺の髪を柔らかく撫でてから、口の中に指を押しこんでくる。舌をもてあそばれる感触に、前回、瑞樹のものをくわえさせられたことを思い出した。

「っふぁ……ふ、ふ……っ」

ようやく、犯されている以外のところにも意識が向くようになる。

それでも、抜き差しされるうちに探し出された感じる部分をペニスでなぞられると、鮮烈《せんれつ》な痺れに全身が痙攣した。のけぞる動きに合わせて瑞樹と玲二に胸元の小さな粒を唇や指でもてあそばれると、襞までひくんひくんと震えるのがわかった。

「っうあ、あ……っ」

「すげえ、締めつけるな」

「っぁ、あ、あ……っ」

前立腺ばかり嫌というほど責めたてられ、感じすぎて身体をひねると、うつ伏せに組み敷かれた。

ずっと身体の下に敷かれていた腕が、体位を変えたことで楽になったが、手首の拘束《こうそく》は解かれることはない。

膝を立てさせられ、背後から突き立てられたペニスに今までとは違った部分を刺激された。もはや、最初の違和感はない。甘ったるさばかりが増幅させられている。

「ッン、……ふ、ふ、ふ……」

今井の動きが、少しずつ速くなっていく。

そのままどれだけ突き上げられたのかわからなくなったころ、俺の頭は誰かにつかまれて上げさせられた。

「くわえて？」

俺の口元にペニスを突きつけながら、男の色気が滴るような声でねだってきたのは瑞樹だ。

頭がボーッとしていて、すぐに口は開かない。すると、唇をその切っ先でなぞられた。口腔内まで疼いてならなかった俺は、淫らな熱にそそのかされて口を開く。

そのタイミングを逃さずに、口いっぱいに頬張らされた。

下肢から送りこまれる刺激と、口腔内の粘膜まで擦りたてられる刺激に、頭が沸騰《ふっとう》していく。こんな姿を四人の男に見られているのだと思うと、たまらなくペニスが熱くなった。

「くわえさせた途端に、中が締まったぜ」

今井の指摘によって、余計に襞の動きを意識してしまう。

何か言ってやろうにも、口は瑞樹のもので塞がれていた。唾液を啜《すす》る余裕はなく、ただだらだらと溢れてしまう。

「っふ、……ふ……っ」

頭を支えられたまま、ゆっくりと口の中のものを動かされた。

苦しいのに、こんなことを望んでいるはずはないはずなのに、より追いこんで欲しいと願うのはどうしてなのか。

そんな俺の心を読んだように、今井がさらに腰の動きを強弱を織《お》り交ぜたものに変えてきた。

「……っふう、ぐ……っ」

深くなったり、浅くなったりする動きに合わせて、俺の身体は前後に揺れる。今井の動きに合わせて、瑞樹のものを口腔でしごきたてた。その動きに慣れずにいると、瑞樹が俺の頭を両手で抱えこんだ。

「無理して舐めなくても、いい。ただ、歯を立てなければいいから」

そんなふうに言われて、俺は口から力を抜いた。突き上げられるたびに瑞樹のものが喉の奥まで入ってきて、その苦しさにうめきが漏れる。

なのに、こんなふうに扱われることが不思議と快感を呼び起こす。瑞樹が褒めるように、俺の頭をそっと撫でているせいもあるのかもしれない。

「っん、……っふ、ふ……っん、ん……っ」

今井のものに絶え間なく突き上げられ、何度となく崩れ落ちそうになった腰骨を両手でしっかりと抱え上がられ、なおも逃げ場なく貪られていく。

「うぁ、……ぁ……っ」

さらに玲二が中腰で揺さぶられている俺の胸の下に頭をくぐらせて、乳首にあらためて吸いついてきた。

「っう、ふ……！」

いきなりその張りつめた乳首に歯を立てられて、大きく俺の身体が震えた。その感覚に頭を真っ白にしていると、オーナーも席を立ったのがわかった。

「一人で見てるのも何だから、私も混ざろうかな」

空いた場所に膝をつき、オーナーがもう一つの乳首に吸いついてきた。

「う、ぁ……！」

両乳首をまた二人の男に吸われ、唇にペニスをくわえさせられながら、犬のように這って犯されている。

そんな自分の淫らきわまりない状況に、頭が灼けた。

――何だ、これ……。

ガツガツと、奥までリズミカルに突き立てられるペニスの動きに、乳首をそれぞれに吸われる快感が混じる。さらに口の中を大きなもので占領されて、抜き差しされるたびに喉の奥まで犯された。

「おまえ、……ギンギンだぜ。……犯されるのが大好きな、淫乱《いんらん》だな」

今井の手が腹に回され、俺のペニスをなぞった。精液を絞り取ろうとするような手の動きに、ぎゅうっと中が締まる。今井の指摘通りに、こんな状況でも俺のペニスははち切れそうに脈打っていた。

「あんまりそこ、触るな。正人、すぐにイくから」

「そう。まずはとことん、中の感覚を覚えさせせないと」

そんなオーナーと瑞樹の声が聞こえた。

「っんふ、ぐ、ぐ……っ」

気持ち良すぎる。全身の感じるところを容赦なく責めたてられて、腰が勝手に動きだすのを止めることができない。早く射精したくてたまらないのに、全身のいたるところを征服されることで逆に射精に行き着かず、行き場を無くした快感が体内を駆けめぐる。

「最高。……おまえ、俺のものになれ」

そんな今井の言葉とともに、クライマックスの動きへ移られた。前立腺から直接ペニスへと流れこんでいく悦楽に、腰が溶けたようになる。無防備に開いた喉の奥に、瑞樹のものが突き刺さる。さらに感じきって硬くしこった乳首を舐めずられるほど、気持ち良いものはなかった。

「っあ、…ふぁ、あ……っ！」

ぶるっと震えて、こらえきれずに少量漏らしてしまう。

「あとちょっとだけ、待てよ」

そんなふうに言って、今井がとどめとばかりに激しく叩きつけてきた。反り返った切っ先が強烈に体内を抉り、ますます高いところまで押し上げられてさらに大量に精液を吐き出す。ひくつきながら射精する俺の身体を、今井が背後から強く抱きすくめた。

一瞬、動きが止まった直後に、今井の脈動が伝わり、火傷しそうに熱いものが身体を満たしていく。

「っんぁ」

その熱に灼かれて、ぞくぞくと淫らな痺れが広がる。ひくつく俺の口の中で、瑞樹も放ったのがわかった。

「つぐ」

喉にその熱いものが満ちたとき、反射的に嚥下《えんか》していた。そのことにハッとする。精液を飲むことで、自分が普通の男とは違うものに変化していくような恐怖が生まれた。

「はぁ、……は……っ」

唾液をまとわせながら瑞樹のペニスが口から抜き取られ、ひくつく襞からも今井のものが抜かれていく。支えを失って絨毯に突っ伏《つぷ》しそうになった俺の腰を抱えこんで、仰向けに組み敷いたのはオーナーだった。

足を抱えこみ、硬くなったものを濡れきった入口に押しつけて尋ねてくる。

「いい？」

こんなときの、色気を振りまくオーナーの表情に俺は弱い。切実な欲望がその目から感じられた。判断が難しいほどかすかにうなずいたというのに、それを見逃さず、オーナーがずぶずぶと俺の体内に埋めこんでくる。新たに身体に刻まれたその形に、俺は息を呑んだ。

慣らすように動かされ、新たなものがもたらす甘ったるい痺れに息が詰まる。

だが、オーナーはその体位で続けることなく、俺の腰の後ろに腕を回して上体を引き起こした。片方の膝を立て、もう片方は絨毯に足をついた格好で、オーナーの腰をまたぐ形となる。俺は後ろ手に縛られたままだからバランスを取るのがひどく難しく、入れられたままのオーナーのものが不規則に中を抉る衝撃に、何度も息を呑まなければならなかった。

「自分で、……動いてみて」

腰を支えながらそんなふうに言われて、俺はその要求にうめいた。

犯されるのと、自ら積極的に腰を動かすのは根本的に違う。だが、オーナーが俺を能動的に動かすことで、別の関係に持っていこうとしていることはうっすらと感じ取れた。

そんな意図に乗りたくはなかったが、動きを止めていると、密着したオーナーのペニスの熱が、じわじわと内側の粘膜をむしばんでくる。

その疼きに耐えきれず、俺は自分から少し腰を浮かした。途端にざわっと広がった悦楽にそそのかされて、さらに腰を大きく動かす。

抜くときに、その切っ先が粘膜に引っかかるのがたまらなかった。受け入れるときには、その大きなもので中を押し開かれる感覚に惑わされる。足の筋肉に絶え間なく力が入るからなのか、今までとは比較にならない摩擦《まさつ》が生じていた。

おずおずと腰を動かすたびに生み出される甘ったるさによって、オーナーがそれでは物足りないのか、下から何度も不規則に突き上げた。

「っひ！　……っぁ、……っひぁ、……ン……っ」

そのたびに、辛いほどの刺激に動きが止まる。だが、じわじわと強い衝撃が薄れていくときに生まれる快感がたまらなかった。

襞の疼きにそそのかされて、俺は腰の動きを再開させる。ぎこちない動きでしかなかったが、すでにわけのわからない興奮に、頭の大半が支配されていた。

だが、少しでもスピードや深さが足りないと、容赦なくオーナーが突き上げてくるから、動きは大きく激しくなるばかりだ。

「は、……っは、は……っ」

　こんな姿を、皆に見られている。今日は強引に今井に押し倒されたのが始まりだったが、こんなふうに自分から積極的に腰を動かしてしまったら言い訳できない。それがわかっているのに、もはや腰の動きを止めることができない。

「っぁ、……ん、ん……」

　抜くときにカリ先が引っかかって生まれるぞくぞくした感覚も悦かったが、受け入れるときの狂おしいような痺れも俺を捕らえていた。自分で感じるところを擦りつけるように淫らな動きが続いてしまう。

「上手だね。できたら、抜くときにもっと中に力を入れて」

　今でも力を入れているというのに、これ以上入れるなんてできるだろうか。

　だが、その動きを教えこむようにオーナーの手が胸元に移動して、小さな乳首を両方ともきゅうっと摘み上げた。その刺激によって中に力がこもると、俺の動きを導くように突き上げてくる。

「う、……ン、ン……っ」

　自分で貪ろうとするペースよりも、オーナーは少し早めに動いた。オーナーに合わせて、俺は中に力を入れながら懸命に腰を動かすしかない。どうしてオーナーにここまで逆らえないのか、不思議なほどだ。

　乳首はオーナーの硬いしっかりとした指に、ずっと転がされ続けている。

「っう、……ん、んん、……はぁ……は、は……っ」

　絶え間なく腰を振っていることで、どんどん息が上がっていく。そんな俺の姿は、彼らにとって格好の酒の肴《さかな》のようだ。

「やらしいな、正人」

言葉で嬲られて、身体の奥から快感がほとばしる。

じゅぷじゅぷと、中から漏れる音が耳に届いた。体内に注ぎこまれた精液は、催淫効果《さいいんこうか》をもたらす潤滑剤《じゅんかつざい》のようにますます俺を乱していく。

「んぁ……っぁ、ぁ」

オーナーの動きが、次第に早くなった。

腰が完全に落ちるのを待たずに次の突き上げを受けて、俺の腰は浮いたままのような状態になる。そんな状態で深々と突き刺されて、耐えきれずにぶるっと大きくのけぞった。

「っう、……っぁ、あ、あ……っ」

ぞくぞくっと、オーナーのものを締めつけながら射精する。腰が完全に落ち、オーナーのものを最奥までくわえこんでいた。

だが、オーナーはその締めつけを耐えた後で、俺の腰をつかんでさらに下から激しく突き上げてきた。

まだ続くとは思っておらず、まるで身体に力が入らない。ぺたんぺたんと腰が落ちるたびに、ペニスが容赦なく奥まで突き刺さる。イったばかりの身体が、ひくつきながら敏感に粘膜の感覚を伝えてくる。

「ふぁ、……ぁ、あ……っ」

そこから新たにふくれあがっていく快感のことしか考えられず、力が入らないながらも俺は必死でオーナーの動きに合わせようとした。だが、足を踏ん張りきれず、突き刺さる感覚ばかりが増幅

する。その衝撃を受け止めるたびに、頭が真っ白になった。

「っふぁ！」

ぶるっと、また全身が痙攣した。続けざまの射精に心も頭もついていかない。なのに、オーナーは俺をまたがせたまま大きな動きを止めてくれない。

悲鳴のような声を上げると、オーナーは崩れ落ちそうな俺の腰を抱えこんで、仰向けに転がした。身体がくの字に大きく曲がるほど両足を抱え上げられ、ラストスパートの激しい動きを受け止めることになる。

「悪いな。……もう少し」

そんなつぶやきの後で、腰をほとんど浮かす形で、オーナーの激しい突き上げを受けた。きついほどの勢いで深くまで突っこまれ、そのたびに全身が震える。

抉られるたびに俺の体内から余計なものがそげ落ち、純粋《じゅんすい》に肉欲だけの存在になっていくようだった。

だが、イきそうになるたびに、オーナーの動きはやんわりとしたものに変わった。高められた身体は新たな絶頂を求め、オーナーによる刺激を欲しがって、太いペニスにからみつく。よりオーナーを求めさせるような、淫らなセックスが続く。

「ン、……ん、ん……っ」

突き上げられるたびに、たまらない悦楽が俺の身体を染めあげた。こんなふうに何度もされて、苦しさもあるというのに、昂った身体からまるで肉欲は去らない。身体を男を受け入れるためのものへと作り替えられていくようで、無理やり掻き立てられる快感に全てが塗り替えられていく。

深い部分にある前立腺をぐりっと抉りあげられると、失禁感とともに先端から少量の精液が溢れた。その淫らな感覚に、ずっとイキ続けているような感覚もあるほどだ。

「っぁ、……っあ、……も、………っ、イか……せて……くださ……ひぁ、ぁ……っ」

失禁するような感覚が続くのに耐えられなくなってついに懇願《こんがん》すると、オーナーが俺の足を抱え直しながら苦笑した。

「わかった。……正人の中が悦くて止められなかったが、そろそろ終わらせるよ」

身体を横に倒され、今まで刺激されていなかった側面を、余すことなくオーナーの大きなもので抉られていく。

一突きごとに全身の感覚をかき乱され、これ以上は耐えきれないと震えたとき、オーナーの動きが止まった。

「ツン」

中で出され、流しこまれる感覚に、ぞくっと鳥肌だった。それに押し上げられて、俺も達する。精液とともに、濃厚な悦楽を体内に流しこまれているようだった。

「は、は、は、は……っ」

襞がひくつくたびに、オーナーの精液を絞《しぼ》り取った。

だが、呼吸も整わないまま唇を塞がれ、気づけばオーナーと濃厚に舌をからめ合っていた。身じろぎするたびに、オーナーのものがまだ中にあることを思い知らされる。

身体をつなげたことで、心のどこかもつながったような気がするのはどうしてなんだろう。頬を撫でられ、瞼に唇を落とされ、慈《いつく》しむように抱きしめられて胸の奥が熱くなる。誰かに大切にされていると感じるのは、久しぶりだった。こんなふうに俺に触れるのは、彼らしかいない。忘れていた、甘い感覚が蘇る。

「……は……っん、は……っ」

唇が離され、ずっと入れられていたオーナーのものが抜き取られた。

その後で、俺に近づいてきたのは玲二だ。

もうクタクタだった。それでも、玲二に抱き寄せられて組み敷かれ、目を見つめる。

「いい?」

許可を求められるとは思わなかっただけに、どう答えていいのか困った。

うなずくことも、拒むこともできずにいると、玲二が俺の膝を抱え上げ、そこにうやうやしく唇を押し当てた。

「無理だったら、言って」

そんな言葉とともに唇が離され、腰を抱えこまれて玲二のものがあてがわれる。

ぬるぬるになったところに押しこまれてきたものの圧迫感に、思わず腰が引けた。

だが、そこに入れられただけで強制的にボルテージが上がる。俺の身体を我が物顔で占拠《せんきょ》するペニスを受け止めることだけが全てとなって、どうしようもなく喘ぐことしかできなくなる。

「つぁ、……ぁ、……っ」

動かされるたびに流しこまれてくる、ねっとりとした悦楽にあらがうことはできなかった。

「……ふ、……ふ……っ」

すでにまともな思考力は消え失せていた。

柔らかく溶けた中の粘膜を、玲二の大きなペニスが容赦なく押し開き、引き抜かれていく。次々と体位を変えられ、何度もイキそうになっては焦らされた。

「っふぁ、……あ……」

頭が真っ白になっていた。喘ぎ続けて、喉がひりつく。

そのとき、瑞樹が水割りのグラスを持って俺の前にやってきた。這わされて揺らされている俺の前髪を掻き上げて、顔をのぞきこんできた。

「大丈夫？」

氷の浮かんだ水割りに、俺の視線が吸い寄せられた。

「飲ませて……くだ……さ……」

瑞樹は承知したように微笑んでからグラスを傾《かたむ》け、自分の口に含んだ直後に口づけてくる。口移しで飲まされるのがわかっていても、俺は拒まなかった。それどころか、こぼさないように自分で顔を傾けてまでいた。

ウイスキーの香りとともに、小さな氷までもが乾《かわ》ききった口腔内に入ってくる。瑞樹の熱い舌がからみついてきたので、飲み下すのにひどく苦労した。

「っん、……ン、ン」

その間も、玲二の動きは続いている。

口の中から水割りが消えても、瑞樹の舌はたっぷりと俺の口腔内を掻き回した。そのぬめる感触に、ガクガクと膝が揺れる。その巧みな舌使いを思い知らされた後で、瑞樹は綺麗な顔をすぐ側に寄せたまま、尋ねてくる。

「もっと、……飲む?」

「は……い」

その唇の甘さと、喉に落ちていく水割りに酔わされていた。

一口の水割りに入っているアルコールの量などほんのわずかのはずなのに、頭がクラクラする。

瑞樹に導かれるまま口を開き、次々と飲まされた。

彼らにこんなふうに扱われるのが、いつの間にか、嫌ではないことに気づく。

からっぽだった俺を、彼らは価値あるもののように抱きしめてくれる。そのことが、心を慰める。

それが単なる肉欲のためでしかなかったとしても、孤独だった心が温かなもので満たされていくことを、認めないわけにはいかなかった。


「……ん、……ん、ん……」

それから、俺は彼らが集まる二週間に一度の会合で、抱かれることとなった。

二度目に抱かれた後、俺が気絶するように眠りこんでいる間に、オーナーたちが今後の基本ルールについて、話し合っていた。その会話が、夢うつつに聞こえてきた。

だからこそ、このままではマズいと無理やり目を開いた俺は、眠さでぐだぐだの状態で言ってみたのだ。

『あの……、……さすがに四人一緒は、無理……です』

ある程度まで感じさせられると、誰に何回されても一緒だと思うほど暴走してしまうが、さすがに翌日の後遺症《こういしょう》はひどい。襞は腫《は》れて熱っぽく、頭痛がするほど全身がだるくなった。嬲りつくされた性器や乳首の感覚も、二、三日は元に戻らない。

『だったら、毎回、だいたい二人までっていうのはどうかな？』

オーナーが柔らかく尋ねながら、今まで彼らと話し合った内容を簡潔に俺に伝えてくれた。

抜け駆けはなし。俺を抱くのは、皆がいる二週間に一度のこの会合のとき、この場所に限られる。毎回くじをして、誰が最初に抱くのかを選ぶ。欠席した者は、くじを引く資格がない。最初に一人くじで選び、その一人が終わった時点で俺に続行するかどうかを確かめた後で、新たに一人、くじで選ぶ。最初の一人で俺が無理だと断ったら、それで終わり。

そんな条件に、俺は絶句した。あらためてこんなふうに提案されると、冷や汗が背筋を伝う。

『そんな条件、俺が了解すると思いますか』

極上の女性を抱くために、皆で争奪戦《そうだつせん》をしているのとは違うのだ。そもそもどうして彼らが、今後も継続して俺を抱くつもりでいるのか、そのあたりから問いただしたい。

その質問に答えたのは、瑞樹だった。微笑み混じりに、ごく当然だといった調子で言ってくる。

『するだろ？　二週間に一度ぐらい、他人に抜かれてスッキリするのは、悪くないはず』

それを、腕組みした今井が受けた。

『そうそう。何だったら、風俗に行ったと思えばいい。ただ身を任せてくれれば、気持ち良くしてやるから。何だったら、目隠ししてやってもいいぞ』

『目隠ししてもいいんですか？』

俺は思わず、問い返していた。

俺が目隠ししてマグロのように横たわっているだけでいいのだったら、彼らは俺の何が欲しくて抱くのだろうか。

——身体だけ？

身体さえあれば、俺でなくてもいいのだろうか。

冷たい感覚が、胸をよぎる。

彼らのテクニックは極上だ。この行為に苦痛が伴っていたのなら、俺はすぐに拒絶していただろう。だが、体内に潜んでいた快感を次々と目覚めさせられ、日常と乖離《かいり》した悦楽の渦《うず》に投げこまれて、そこから逃れられなくなっている。

だが、どうしても納得できないところがあった。

これはいったい何なのかということだ。単なる不道徳なセックスでしかないのか。ただ気持ち良さだけを追求する行為なのか。

——たぶん、……そうなんだよな。

今井の口ぶりでは。

ズキン、ズキンと、胸が疼き始める。

セックスには、愛情が伴っていなければならない。そんなふうに思う俺は、古いのだろうか。そんな固定観念が頭にあったからこそ、彼らの行為から愛情を読み取ろうとしていた。だけど、それが幻想でしかないとしたら。

ぶるっと震えたとき、俺が横たわるソファに、オーナーが腰を下ろした。軽く俺の頭に手を乗せて、柔らかく髪を撫でながら、言ってくる。

『良くない。目隠ししてもいいけど、抱いてるのが誰だか、しっかり認識してろ』

その言葉に救われる思いだった。それでも、心の奥底がひんやりとするような認識は消えない。

――勘違いしてはいけない。

だからこそ、俺は自分に言い聞かせる。寂しくて、何かにすがりたい気持ちはある。だけど、これはそういうものではない。彼らにとっては単なる気晴らしのセックスでしかないのだから、深入りしてはいけない。

それでも俺はきっぱりと拒めなくなっていた。抱かれたことで、身体だけではなく心の渇望にも気づかされた。男に抱かれる悦楽をあそこまで味わわされたら、身体も逃れられなくなってしまう。

今日、最初にくじを引き当てたのはオーナーだった。

彼らは元同級生に情事を見られることに、ほとんど抵抗はないらしい。むしろ、見せつけるように俺を抱く。

俺は見られることに抵抗があったが、セックスをしていない彼らから不躾《ぶしつけ》に浴びせかけられる視線に気づくたびに身体が熱くなってしまう。

オーナーに深くまで貫かれると、快感に頭の芯まで支配された。秘められた部分を無理やり硬い性器にこじ開けられ、突きまくられる悦楽が、回数を重ねるたびに深まる。男なのに受け身の快感を味わわされているというねじ曲がった愉悦が、俺の身も心もおかしくさせていく。

「……っん……っ、は……」

どれだけ汚しても大丈夫なようにと、絨毯の上には柔らかなマットが敷かれ、その上に這わされていた。

俺の声や漏れてしまう水音を聞きながら、彼らはいつものように楽しげに飲み、情報交換をしている。喘ぐ俺の耳にも、否応無しにその話が聞こえてくる。

――悪人…ばかり……。

今日の話題は、日本で犯罪を犯した外国人の出国ルートについてだった。

麻薬の地下流通におそらく関わっているだろう玲二に、裏ビデオを制作、流通させている瑞樹、悪徳ジャーナリストの今井。そして、たぶんその中では唯一まともな、水商売をしているオーナー。

彼らと深く関わりがあるためか、ろくでもない話題はネタ切れする気配はない。

演芸興行ビザを使っての外国人の出入国について瑞樹が話した後で、さらに話題は国内での人身売買へと移り、麻薬漬《づ》けにされた未成年の少女がどのように身を持ち崩すかまで、話しだす。さらに話題は、家出少女を集めて身売りさせている新宿の地下売春クラブに移っていた。

――ろくでも……ない……話ばっかり。

今までの仕事だったら、まるで知り得ない情報ばかりだ。

ここまで詳しい彼らが、その犯罪に関与していない証拠はないというのに、彼らは決して俺にしっぽをつかませない。だからこそ、彼らがどう具体的に手を染めているのかがわらず、ろくでなしだとわかっていてもどうすることもできない。

――オーナーだけは、まともだと思いたい。……新宿の……そのあたりに店持ってたけど。その話題に出てるのは、オーナーの店に似てるけど。

信じたいのに、不安になる。

「っぁ、……ぁ……ッン……ン……」

だんだんとオーナーの動きが激しくなったのは、俺にその話を聞かせないためだろうか。身体が勝手に快感を貪ろうとする。さんざん焦らされたあげくにピークに押し上げられ、強烈な悦楽とともに、射精まで追いこまれた。

「っぁ、ン、…ン……っ」

オーナーの精も体内に受け、俺はぐったりと身体の力を抜く。疲れているのに、身体の芯のあたりがまだ熱く疼いていた。特に精液でドロドロになった襞が淫らな痺れを宿して、くすぶっている。

「大丈夫か?」

オーナーから気遣うような声をかけられて、ハッとした。すでに俺の身体が痛みではなく、悦楽ばかりを受け止めるようになったことを、少し恥ずかしく思った。

うなずくと、オーナーのペニスが、からみつく襞に逆らって抜き取られた。だが、亀頭だけを残した状態から深くまで入れ直されて、狼狽しきった声が漏れる。

「っふぁ、……ぁ……っ」

「君は、これが好きだよな」

イった直後の力の入らない襞をゆるゆると抉られるのが気持ち良くてならないことを、オーナーに早くも知られていることに狼狽を覚えた。ぞくぞくと鳥肌が立つような甘ったるい体感ばかりを掻き立てられていく中で、オーナーのものが硬さと熱さを取り戻す。俺の襞もそのころには力が戻ってきて、粘膜を抉られる感覚が強くなった。

このままさらに中で動かされることを、身体が望んでならない。

オーナーもその願いは同じらしい。ほとんど息も整わないまま、また長い時間に及《およ》ぶ突き上げが再開される。

「……っん……っ」

身体が一つに溶けていくような感覚の果てに、俺は再び忘我の淵まで追い上げられた。

二度も絶頂した後で、俺はぐったりと手足をマットの上に投げ出した。オーナーはシャワーを浴びるために、席を外している。身じろぐ気力も失ってうとうとしていると、かつての職場の名前が俺を現実に引き戻した。

「オレンジカタログが、倒産だってな。かつては全盛だったカタログ通販だが、時代の波ってやつか」

今井の声だ。

——え？

俺は息を呑んだ。

大きく動くと、体内に注がれたオーナーのものが、足の間から溢れる感覚があった。

『オレンジカタログ』とは、俺が新卒で入社した会社の名だ。ワンマンな創業者社長自ら行うテレビショッピングが話題となり、それに味をしめて立ち上げたカタログ通販でもいち早く時代の波に乗った。その知名度は全国的なものとなったが、インターネット通販が流行り始め、不況《ふきょう》の波と相まって個人消費が伸び悩むようになってからは、売上はぐんぐん低迷していった。

大きな敗因の一つは、カタログ通販として固執《こしつ》するあまり、インターネット通販への切り替えが遅れたからだ。インターネット全盛期を前に、カタログ通販は沈んでいった。遅ればせながら始めたインターネット通販でも、客を取り戻すことはできなかった。

俺はオレンジカタログで新卒から八年間、営業部に配属されて働いてきた。

だが、社の売上が低迷してきた五年前に、創業者社長が亡《な》くなった。

有限会社だったから、後を継ぐのは社長の息子となる。

カタログや原材料費の高騰《こうとう》も相まって、社はますます苦境に立たされていた。このままではマズい。新製品をどんどん投入すべきという役員会の意向を受け、俺は新社長に柔軟《じゅうなん》な頭で売れそうなものを見繕《みつくろ》ってもらうつもりで、仕入れ担当者として海外に出張してもらった。

だが、それがとんでもない失敗を招いた。新社長は現地のコーディネイターに丸めこまれ、意気《いき》揚々《ようよう》と大口の契約書にサインをして帰国してきた。その契約書を見せられたときの、営業部長だった俺を含む営業部員の驚きは、今でも鮮明だ。

——得体の知れないメーカーの、空気洗浄機《くうきせいじょうき》を千台だと……？

すぐにキャンセルしたかったたが、契約書には莫大《ばくだい》な額の賠償金《ばいしょうきん》も記されていた。だからこそ、俺は新社長を海外に送り出した提案した責任を取る形で、その空気清浄機を一括《いっかつ》で仕入れ、売りさばくことに躍起《やっき》になった。新社長が持ち帰ってきた取り扱い説明書を元に、宣伝チラシをばらまいた。

採算度外視でかなり安く売ったせいもあり、どうにかそれらを売りさばくことができた翌月から、クレームが次々と舞いこむことになる。

新社長が仕入れたのは、ろくに空気を清浄する効果のない粗悪品《そあくひん》だった。それどころか、発火するケースまであった。回収に莫大な金がかかったのみならず、俺が作成した宣伝文句が不当表示に引っかかると消費者庁から措置《そち》命令を受けたのが全国ニュースとなった。

俺は、その責任を取る形で退職した。

だからこそ、会社のその後のことは知らない。

新社長が、俺のことを煙《けむ》たく思っていたのは知っている。だけど、俺はどうにかして新社長を盛り立てて立派な経営者に育ててあげなければならないと、空回りしていた。それが、俺を育ててくれた創業者社長への恩義《おんぎ》に報《むく》いる唯一《ゆいいつ》の方法だと、頑《かたく》なに思いこんで、気負っていた。

——だけど、……クビになってからは、会社の名前を見るのもつらくなった……。

しかし、さすがに倒産と聞いたからには、そのまま聞き流すことはできない。

床に転がっていた俺は、そのあたりにあった服を引き寄せながら、今井たちの話に割りこんだ。

「あの……っ、オレンジカタログが……倒産って、……本当ですか」

「ん？」

今井たちの目が、一斉に俺に注がれる。俺の必死の形相《ぎょうそう》を読み取ったのか、ソファの背もたれに両手を引っかけてふんぞり返っていた今井は大きくうなずいた。

「ああ、本当だ。とっくにニュースになってるはずだぜ。数日前に倒産が知らされ、今日は債権者《さいけんしゃ》集会だ。俺の知り合いがそれに出てる。何か、気になることでもあるのか？」

債権者集会、という言葉に、まぎれもない現実を思い知らされてゾッとする。そこまで業績が悪かったなんて、何かがしっくりこない。売上が低迷してはいたが、社はそれなりに安泰《あんたい》だったはずだ。

「……俺の、……元勤務先です。……どうして倒産したのか、気になって」

俺がクビになってから、たった二年だ。全盛期だったときに税金対策として、いろいろ固定資産も増やしてあったはずだ。その蓄積は、二年の赤字で吹き飛ぶようなものではない。

それに、売上に合わせて社の規模も縮小してきた。

――まさか、……あの、……海外のバイヤーに食いものにされた……？

不安が広がる。

空気清浄機がろくでもないものだと知ったとき、俺は海外のその商社とはきっぱり縁を切るように進言していた。普通に取引する分には問題がない大商社だったが、新社長が与《くみ》しやすいと見て、女をあてがった節もある。その女からの連絡がしつこいと、新社長が携帯を見ながらニヤニヤしていたことを思い出した。

普通の状態だったら、こんな短期間で倒産まで追いこまれるはずがない。どこかが意図的に社の財産を食いつぶしたのではないだろうか。そんな漠然とした不安が広がっていく。

その商社を通さないと、その国との貿易がやりにくかった。だが、こちらから日本式の取引の仕方を教えこんで、問題のないレベルまで持っていったはずだ。それでも、相手が与しやすいと見るなりつけ込むのも、海外が相手ならある。そこがマフィアと関係しているという噂も、聞いたことがあった。

「オレンジカタログって、おまえの元勤務先なんだ？　気になってるんなら、債権者集会で配った資料、手に入れてやってもいいぜ」

「可能……でしたら」

「簡単だ」

今井は携帯を手に、誰かに電話をかけ始めた。こんな時間だったが、相手はすぐに出たようだ。

今井はその相手に、資料を送ってもらえるように頼んでいるようだ。

俺はふらつきながら、身体を起こした。それだけでも、逆流したものが足の奥からまた溢れ出す。

オーナーがシャワーから戻ってきたのを見たが、今井の電話が終わるまで待とうと思っていた。

だが、それを察した今井が、電話しながら行ってもいいぞ、とうながしてくれた。

素早くシャワーを浴びて、俺はVIPルームへと戻った。そのとき、フロアのほうから同じく戻ってきたオーナーが、俺に何枚かの紙を手渡してくれる。

「債権者集会の資料だ。今井がスキャンしたデータを送ってもらったのを、今、プリントアウトしてきた」

「ありがとうございます」

俺はVIPルームの端に立ちつくして、それに視線を落とした。頭がまともに働かないほど疲れてはいたが、それでも元の職場のことだから、気になってたまらない。会議のときに何度となく、社の貸借対照表や損益計算書は見てきた。

すぐに気づいたのは、会社の固定資産が驚くほど少ないことだった。

「……あれ?」

小さくつぶやいた。

俺は営業だったから、経理は専門ではない。それでも、社の資産についてはそれなりに把握《はあく》していた。何でこんなにも固定資産が少ないのかと疑問に思いながら、詳細を探す。記載されていたのはわずかだったから、倒産前に片《かた》っ端《ぱし》から売り飛ばしたのだろうか。

「……ひどいな」

思わず独りごちた。元々かなりの金融資産もあったはずだが、それもごっそりなくなっていた。俺が退職してからの二年に、ここまでの財産が消えたなんて、にわかには信じられない。

俺のつぶやきを、今井が聞きとがめた。

「何か、気になることがあるのか？」

「いえ。……その、……オレンジカタログにはもっと金があったはずなんです。固定資産としても、土地や建物などごっそり持ってました。なのに、俺が退職してからたった二年で、ここまで財政状況が悪化するのかと、不思議で」

「調べといてやろうか？」

そんなふうに軽く言われて、驚いた。

「調べられるんですか？」

俺の疑問を解き明かすには、経理に詳しい相手の協力が不可欠だ。その提案は渡りに船だったが、彼らの素性《すじょう》が素性なだけに、介入されるのはマズいのではないかと不安になる。だからこそ、直前で踏みとどまらずにはいられなかった。

「あ、……あの、いえ。申し訳ありませんが。その提案は遠慮させてください。俺も、……元の職場の仲間に、電話するとか、……しますから」

彼らの関与を阻みたかったのだが、今井は俺の態度に逆に興味をそそられたらしい。突っ立っていた俺の手から書類を奪い取って逆にじっくりと眺める。

「まぁ、やってみようぜ。俺も気になってきた。――にしても日本のサラリーマンってもんは、退社した会社でも愛着を抱くのな？」

ぎらつく目でのぞきこまれ、何かマズいものに見こまれたような気分になった。

俺を縛り付けているのは、愛社精神というよりも罪悪感だ。

――前の社長に、……息子を頼むと言われたのに、……途中で見放した……。

新社長から煙たがられているのがわかっても、しつこく社にしがみつくべきだったのだろうか。

前営業部長の定年退職に伴い、俺はその職に抜擢《ばってき》された。それから間もなく創業者社長が倒れて入院することとなった。

俺の手を握りしめて、よろしく頼むと言い残していったときの手のぬくもりと、そこにこめられていた力が、今でも俺を縛りつけたままだ。

【三】


「調べたんだが」

二週間が経ち、また会合の日となる。

いつものようにフロアでの作業が一段落つき、VIPルームに移動するなり、今井《いまい》がミニバーコーナーにやってきた。鞄《かばん》の中から資料を取り出して、俺の前にバサリと置く。

「これは……」

「ああ、前回言ってた、オレンジカタログの倒産の件だ。残されていた財産が不当に少ないって、おまえが言ってたろ。管財人の弁護士《べんごし》に問い合わせた」

断ったはずなのに、そんなことまでしているとは思っていなくて、俺は目を見開いた。俺への親切心からというよりも、何か別の意図のほうを感じる。俺は猛犬《もうけん》に、エサを与えてしまったのだろうか。

これ以上は介入《かいにゅう》されたくなかったのだが、今井は俺の目を見据《みす》えてしたり顔で言ってきた。

「おまえが言ってたように、確かに資産が不当に少ない。おまえが職場からいなくなってからの二年間、資産隠《かく》しが本格的に行われていた可能性がある。取引先も調べてみたんだが、納入を急がせたり、支払いを引き伸ばしたりしていたそうだから、計画倒産の可能性もあるだろうな」

「計画倒産……？」

さすがにそこまでするとは思っていなかった。

オレンジカタログは客には誠実に、というのがモットーだったし、取引先とも対等な取引をしていた。そうするのが、創業者社長の方針《ほうしん》だった。

——だけど、代替わりして、そうではなくなったってことか。

新社長の信博《のぶひろ》のことが、頭に浮かぶ。バイタリティがあったワンマンな創業者社長と比べて、息子の信博は何をするにも億劫そうだった。遅くに生まれた一人っ子だから過保護に育てすぎたと、社長も愚痴《ぐち》をこぼしていた。

——信博は、会社のことも、……自分の父親のことも、……あまり好きではないみたいだった。

全盛期のころならまだしも、旬《しゅん》をすぎたカタログ通販会社などいらないと、親子ゲンカしていた現場に出くわしたこともある。

新社長体制になってから、知名度を生かしての新事業を立ち上げようという提案がいくつか会議で決まりそうになったが、信博に蹴《け》られて進まなかった。このままではじり貧になるばかりだと俺がいくら意見しても、重い腰を上げようとはしなかった。

『このまま会社が潰《つぶ》れたら、資産は俺のものになるのかな』

そんなことを信博がつぶやいていたことを、遠く思い出す。

有限会社だし、そうなるだろうと答えたら、信博は小狡《こずる》そうに微笑《ほほえ》んだのだ。

『だったら、早く潰しちゃったほうがいいよな。財産が減らないうちに』

まさか、それを実行したというのだろうか。

会社は社長だけのものではなく、社会的な存在だ。それをいつかはわかってくれると信じていたのだが、そうではなかったのだろうか。

——もしかして、……赤字が膨れないうちに、計画的に潰した……？

じわりと、背筋《せすじ》に冷たい戦慄《せんりつ》が走る。

「二年前には十一億ほどの固定資産があったんだが、倒産時はほぼ消えてる。だが、売り払った資産は、会計上、適切に処理された形になってる。一気に膨らんだ赤字を、売り払った資産で穴埋めしている形だな。だが、そんな赤字がどうして生まれたのかが気になるし、資産を売却した利益隠しのために、わざと決算を赤字にしている可能性もある。——それにこの都内の倉庫の土地建物代は、相場の約三分の一だそうだ。売り払った先は、海外企業。今はさらに売り払われて、どこのものともわからない。二、三社ぐらいまでは辿《たど》れたが」

「資産を売って、その金を隠《かく》しただけではなく、売るときにも不当に安く売り払って、その利ざやを誰かが……ポケットに入れたってことでしょうか」

何の話をしているのか気になったらしく、瑞樹《みずき》がミニバーコーナーにやってきていた。今井の隣の木の椅子《いす》に座って、ひゅうっと口笛《くちぶえ》を吹《ふ》く。

彼らにとっては、そのような不正は日常茶飯事《にちじょうさはんじ》なのかもしれない。先日は不動産詐欺《さぎ》についても、詳しく話していた。

さらに、今井が資料を指し示しながら説明した。

「売上の処理も、何だかあやしいんだよな。大陸の企業とも頻繁《ひんぱん》に取引をしていて、どうやらここに金が流れこんでいるような」

目に飛びこんできた企業名に、俺は息を呑《の》んだ。

「そこ、……新社長の……っ」

「何？」

今井にすかさず聞き返されて、答えていいものかと迷《まよ》う。だが、うながすように顎《あご》をしゃくられると、ここまで調べてもらったという追い目もあって、答えないわけにはいかなかった。

「その、社長の、……愛人のいるところです」

「オレンジカタログの金や商品の流れも詳しく追ってみたんだが、海外から納入されたばかりの商品をそのままどこかに安く転売したり、あやしげな商品を仕入れて国内業者に流してる様子がある。金や商品をやたらとトンネルさせているようだから、下手したら武器や麻薬《まやく》などを流すルートとして利用されている可能性もあるぞ。なぁ、玲二。おまえ、ここの名前、見たことあるだろ」

玲二が呼ばれて、ミニバーコーナーにやってきた。今井が示したその企業の名を見るなり、軽く肩をすくめた。

「ああ。そこは、ある意味で有名だ。でかい企業だから表面的にはまともなんだが、裏で大物官僚《かんりょう》やマフィアと密接《みっせつ》につながってる。目をつけられたら、骨《ほね》までしゃぶられる」

確信を持った玲二のセリフに、俺は固まった。

「え？　ですが、俺が知っていたころは、まともでしたが……」

「表向きはまともだ。そこが関わっている貿易《ぼうえき》の、九割九分はまともだ。だが、残り一分がヤバい。与《くみ》しやすい相手だと判断されると、そこの裏部門が介入してくる。そうなったら、関わりを断つのは容易《ようい》じゃない。下手したら、死人が出る」

その言葉に、息を呑んだ。

オレンジカタログの倒産は、そのマフィアの食いものにされた結果ということだろうか。

呆然《ぼうぜん》とした俺の前で、今井はグラスのバーボンを飲み干した。

「だけど、これは全体的な金の動きを見ての、大ざっぱなとらえかたでしかない。提出されていた資料からあらためて不正の証拠《しょうこ》を探してみたんだが、これが見事というほど出ない」

「出ない……？」

つぶやいた後で、俺は今井のグラスにバーボンをつぎ足した。そうしている間に、ハッとひらめいたことがあった。

「まさか、三年前の火事が関係してます……？」

古くなった本社ビルの配線がショートしたのが原因で、オレンジカタログは三年前に小火《ぼや》を出した。大した火事ではなかったが、経理資料や顧客名簿《こきゃくめいぼ》などが焼失して破棄《はき》となった。だが、ここ近年の電子化してあったデータは無事だったから、事業に支障《ししょう》はなかったはずだ。だが、経理上の書類の明細は、それによって大方消えた。

「三年前の小火だけじゃなくて、半年前、また本社ビルが小火を出したのは知ってるか？」

思わぬ今井からの情報に、俺は目を見張る。

——二度も？

「いえ……」

「当直者のタバコの火の不始末、ってことになっているようだが、この様子では邪魔《じゃま》になる資料を焼いた可能性もあるだろうな。オレンジカタログには凄腕《すごうで》の会計士がついたらしく、計画倒産に至る書類は見事なまでにつじつまを合わせて作成してある。ただ、領収書とか細かく追及されたらマズいから、それらの証拠を一括《いっかつ》して消したんだろう」

「そこまで、……するもんですか」

俺は呆然と、今井の顔を見た。

放火は罪《つみ》が重いし、下手したら死者まで出るような大きな火事になる可能性もある。ずっとまっとうに生きてきた。社会の闇《やみ》には、関わらない会社だったはずだ。心血を注《そそ》いで働いてきた元職場が、そこまで闇に落ちたとは思いたくなる。

今井は静かに、俺を見つめ返す。その目からは、社会の裏も表も知りつくしたしたたかさと、悲しみのようなものが漂っているように思えた。

「するな。……やつらは、何でもする。利用できるものは何でも利用するし、何の良心も持ってはいない。やつらの中には、人間だと思ってはいけないモンスターみたいなのも混じってる」

その言葉が、ズキリと胸を抉《えぐ》った。やつらというのは、犯罪者《はんざいしゃ》という意味だろうか。

もしかしたら、今井は自分もそうだと、言外に伝えているつもりなのか。

——そんな……こと……、ないと信じたい。

だけど、今まで聞いてきた今井たちの会話が、無条件で信じることを許してくれない。たとえば自分を頼ってきた若い女性にどのように心を開かせ、恋心すら利用して、金になる映像を撮らせるかについての具体的なプロセスなどを、彼らはよく知っている。実体験だと思わせるほどに。

それらを駆使《くし》して俺を操《あやつ》ることなど、彼らにとっては容易《ようい》なはずだ。

顔が強張《こわば》っていく。自分が心をどこまで彼らに操られているのかさえ、自覚できない。それでも信じたいと思うのは、愚《おろ》かなのだろうか。愛情を感じさせる口づけや、ぬくもりのある抱擁《ほうよう》に騙《だま》されているだけなのか。

俺は冷静になれと自分に言い聞かせながら、目の前に置かれた書類に視線を落とした。

最初不審に思った固定資産の部分を、舐《な》めるように目を通してみる。本社ビルこそ残されていたものの、主力の倉庫やトラック、配送設備、保養施設などが軒なみ売り払われていた。それらのどこにも思い出が染みついていたから、それらが全て他人の手に渡ってしまったのかと思うと寂《さみ》しい。

そのとき、ふとあることに気づいた。

「……あれ？」

「どうした」

俺は資料をめくりながら、自分の疑問を確認した。

「俺が知ってるはずの施設が、固定資産台帳から消えてるんです。富士山の麓《ふもと》にある百平米の土地と、その近くにあった研修施設なんですけど」

事業が不振になってから、社は毎年のように規模を縮小してきた。その際に、不用になった施設のどこをどう売り払うか、という会議に俺も出席してきたが、その二つの資産はいずれも売り払われないまま、ずっと残されてきたはずだ。

「その二つは、社長の思い出の場所なんです。富士の土地は、社長が創業時に詐欺師に騙されて買った土地です。近くに高速道路が通ってインターチェンジもできるから、流通倉庫には最適だという話に乗せられたんですが、計画はそのまま凍結《とうけつ》されて、倉庫も立てることにならず……。そんな土地、とっとと売り払ったほうがいい、と役員たちが何度も意見したのですが、どうせ二束三文にしかならないし、社長は自分の愚かさの戒《いまし》めにするからと、売ることもなく」

「富士の土地？　百平米越え？　ああ、確かに、固定資産台帳には載ってないな。企業の固定資産台帳の保存期間は七年だが、いくら火事で台帳が焼けても税務署に提出した資料は残っている。税務署に提出した資料とつじつまが合う形に、いろいろ改変した可能性がある。その話は本当か？」

「ええ。確かです。その土地だけじゃなくて、そこの近くにあった研修施設も、今、渡された台帳に載ってないんです。老朽化《ろうきゅうか》して耐震基準《たいしんきじゅん》に問題があるってことで、使われなくなったんですけど。その二束三文の土地に近くて、同じく高値では売れない施設でしたから」

その話にふと口を挟んできたのは、オーナーだ。

「そういえば、……富士に、……新しいインターチェンジを造る計画があったはずだ」

オーナーまでミニバーコーナーにやってきていたことに、俺は驚いた。話に夢中で、気がついていなかった。

「え？」

「住所はどの辺だ？」

尋ねられたが、具体的な住所までは覚えていない。

だが、研修施設には何度も行ったことがあった。車でのルートは覚えているし、社長が購入したという土地にも、俺もお供で付いていったことがある。そのときに特徴《とくちょう》がある建物が土地のすぐ側に建っていたから、それを口にする。

その特徴のある建物は廃墟《はいきょ》として有名らしく、瑞樹がタブレットを使ってすぐに住所を割り出してくれた。さらに、その近隣《きんりん》の道路計画についての詳細な書類も探し出して、タブレットに表示する。それを見て、オーナーがうなずいた。

「ああ。やはり、凍結されていたはずの高速道路計画が、一気に動きだしてる。その付近に、インターチェンジもできる計画だ。……二束三文にしか売れないはずだった土地価格が、計画の具体化を受けて、一気に高騰《こうとう》したはずだ」

「それに目をつけた誰かさんが、所有していた土地を固定資産台帳から上手く消して、資産隠しを計《はか》ったってことか？」

玲二《れいじ》が言うと、今井がうなずく。

「小火をいいことに、凄腕の会計士が隠せる資料を隠したんだろうな」

「原本が焼けてしまったからには、その不正の証拠を見つけるのは難しいか？」

「もしかして」

俺はふと頭の隅にひらめいたことを、どうにかたぐり寄せた。

「ん？」

他の四人が、揃《そろ》って俺を見た。このままではますます彼らをこの話に介入させてしまうことがわかっていながらも、話さずにはいられない。

「本社にあった帳簿《ちょうぼ》書類は三年前の小火で焼けたんですけど、焼けてない帳簿書類があるのを思い出しました。五年ほど前、創業者社長が急な病気で亡くなる少し前に、その研修施設にこもりっきりで、新しいプロジェクトについての資料を作成したことがあるんです。そのときに、何年か分の帳簿書類も持ちこんで……。その作業が終わったら使った帳簿書類は本社に戻すつもりだったんですけど、徹夜《てつや》明けでボーッとしていて、うっかりそのままになってました。そのことを、今、ふと思い出したんですが」

「だったら、その研修施設に、今も古い帳簿書類があるってことか？」

今井に問われて、俺はうなずいた。

「三年前に小火で焼けた、と判断されたのも、そのあたりの資料がごっそり抜けていたからなのかもしれません。その研修施設に、移されていたとは思わずに」

「いいぞいいぞ。そこに置きっぱなしになってる古い帳簿書類や固定資産台帳が発見されたら、やつらの不正の証拠になるってことか」

今井の目が鋭《するど》い光を放った。

標的を定めたような野獣《やじゅう》じみた笑みを見たとき、俺はハッとした。

——これは、……マズい。

俺への態度が紳士的《しんしてき》だから油断してしまいそうになるが、彼らにこれ以上の介入を許してはならない。倒産したことで債権者にいくはずだった資産を、横取りされる可能性がある。

資産を隠されたことで、困っている債権者が大勢いるはずだ。

長年、社で働いた従業員には退職金も払われていないかもしれないし、給与や賞与の遅配を受けている可能性もある。さらに、長年の付き合いがあった取引先が連鎖倒産《れんさとうさん》の危機にあるかもしれないと考えると、債権者にまず金を返すのが一番だと思った。新社長にとっては、不正に取得した財産を失うのは自業自得《じごうじとく》だったが。

そんな思いに駆られ、俺は深呼吸《しんこきゅう》した。それから腹を据《す》えて、彼らに切り出す。

「——すみません。大変、申し訳ありませんが、この話はここまでにしてください。いままでのご尽力については、感謝します。後は、俺の問題ですから」

「ん？」

意外そうに、今井が眉《まゆ》を上げた。

「手伝ってやるよ。俺はこういうのは詳しいし、おまえ一人だけじゃ大変だろ?」

「そうだな、甘えろ」

「それなりのツテは、俺たちにある」

玲二と瑞樹も次々と同意する。だが、これは甘い罠《わな》だ。今の時点で拒《こば》んでおかなければ、ずるずる深入りされる。そのことを身体で思い知らされていただけに、ここで踏みとどまるしかない。

「いえ。……本当に申し訳ないですが、ここからは俺だけで」

「何で、一人で抱えこもうとしてるんだ?」

だが、オーナーに誠実な声で尋ねられると、俺は言葉を失った。

「……あの、……その、……つまりですね」

彼らに嫌われたくはない思いはある。

いくら悪人だと知っていても、なし崩《くず》し的に犯《おか》されても、彼らを嫌いになれない。

それでも、嫌われる覚悟で拒まなければならなかった。

その決意に、俺は拳《こぶし》をきつく握《にぎ》りこんだ。

「皆さんが……何をされているのか、……俺はここでの会話で薄々《うすうす》察しています。……ですが、何を仕事にされてようが、俺に口だしする権利はありません。法に触れないかぎり。……法に触れていたとしても、……その、……確かな証拠をつかまれて、起訴《きそ》されるまでは、犯罪者《はんざいしゃ》とは言えませんし」

「犯罪者?」

「おまえ、……俺たちが法に触れる仕事をしてると……知ってたんだ?」

今井の顔から、すううっと表情が抜け落ちる。

真顔で見つめられて、ゾクッとした。彼らを怒らせてしまったのだろうか。

だけど、ここまで言ってしまったからには、後戻りできない。俺は生唾を飲んで続けた。

「聞くつもりはなかったのですが、……どうしても会話が耳に入りますから」

「へえ?」

ニヤニヤと、玲二の横で瑞樹がチェシャ猫《ねこ》のような笑みを浮かべた。瑞樹は人当たりはよかったが、底知れない闇《やみ》を感じさせる部分もあった。

「たとえば、俺と玲二は何の仕事をしてると思ってる?」

瑞樹に問いただされて、俺は気まずさにうつむいた。

「……玲二さんは麻薬《まやく》とかの仲介人ですよね。その方向にやたらと詳しいですから。それに、瑞樹さんは、AVとかを撮影しているプロダクションの人」

「ここまで知られているとは思わなかった」

瑞樹のつぶやきに、俺の頬《ほお》が強張《こわば》る。これらは言葉に出してはいけないことだったのだろうか。

「今井は?」

続けて尋ねられて、俺は顔を上げられないままに答えた。

「悪徳《あくとく》、……ジャーナリスト……」

ぐ、と今井が息を呑む音が聞こえてきた。理由もなく、推測を重ねたわけではない。その根拠《こんきょ》を伝えなければと、俺は焦《あせ》る。

「すみません。かつて、社に……その、……オレンジカタログ時代に、今井さんによく似たタイプの人が、訪ねてきたことがあったんです。広告を載せてやるから、その小冊子《しょうさっし》を高値で買い取れっていう、半ばゆすりたかりの。……そういうご商売の人と、すごく雰囲気《ふんいき》が似てるものですから」

「……そこまで知られているとは思わなかった」

今井も、判で押したように瑞樹と同じセリフを口にする。

場の異様な雰囲気に押された俺は、とにかく頭を深々と下げた。額をカウンターに擦りつけるようにして、一心に頼むことしか思い浮かばなかった。

「すみません。ですから、オレンジカタログへの介入はやめてください。俺にとって、とにかく大事な会社だったんです。意図的に隠された資産があるのでしたら、それを取り戻して従業員の退職金にあてたいですし、長年、付き合いを続けた取引先にも、少しでも売掛金を返済したいですから」

今井のおかげで、社の倒産に裏があるらしきことがわかってきた。だからこそ、すぐにでも研修施設に残されている帳簿書類を入手して警察《けいさつ》か管財人のところに駆けこみ、不正がないかどうか暴《あば》いて欲しいと訴えたかった。

顔を上げると、彼らが顔を見合わせているのがわかる。

だが、納得できないように今井が肩をすくめた。

「とは言うけど、倒産物件は宝の山だぜ。どれだけ素早く動くかによって、ぶんどれる金額が違ってくる。今回は着手が遅れたけど、隠し財産があるんだったら、そこからごっそりいただかないわけにはいかないだろ」

やはりそれが目当てだったのかと思うと、寒気《さむけ》がした。

今井が債権者集会に詳しく、管財人にまで渡りをつけてきたのは、これまで何度も倒産物件に介入して荒稼《あらかせ》ぎをしてきたからに他ならない。

それに深々とうなずいたのは、玲二だ。

「正人《まさと》は介入するなって言うが、隠し財産があると知ってしまったからには、放っておくわけにはいかないだろうな。研修施設にある帳簿書類さえ入手できれば、どこでどんなふうに数字を弄《いじ》って資産隠しをしたのかが判明するだろうし」

「悪人の私たちは、その研修施設までドライブするか?」

唯一、悪人だと思っていなかったオーナーの提案に、俺はますます焦った。

「ちょっと、……待ってください。皆さんは帳簿書類を手に入れて、どうするつもりなんですか?」

「どうすると思う?」

オーナーににこやかに切り替えされて、俺はぐっと詰まった。だが、こうなったからには、正直に答えるしかない。

「そこに連れていったら、入手した帳簿書類を元に、……新社長とか、……海外の、……その企業相手に、ゆすりたかりとかして、分け前を手に入れるつもり――なんですよね」

そうとしか思えない。

「悪人だからな」

開き直ったように、真顔で玲二がうなずく。

その態度に、どこかバカにされているような気がしないこともなかったが、俺は必死になって言い返した。

「研修施設の場所は、絶対に教えません……！」

その言葉に、彼らは一瞬、黙《だま》りこむ。だが、一呼吸置いた後で、今井が小さく息を漏《も》らした。

「そうか。俺たちを、拒むのか」

「そんなにも、お仕置きされたいわけか」

「今日はくじひいてないよな」

「ひく必要ないだろ」

交わされる言葉から、不穏《ふおん》な空気を感じ取った。くじを引く必要がないというのが、ろくでもない意味だと決定づけている。

とにかくこのＶＩＰルームから一度、退散したほうがいい。このままではマズいという予感がした。新しい氷も準備したいし、ミネラルウォーターも切れかけている。

だが、ミニバーコーナーから出ようとした俺の前に、玲二が立ち塞《ふさ》がった。

その氷のような眼差《まなざ》しに危機感を感じた瞬間、足元をすくわれた。

手首をつかまれて激しく転倒するのだけは避けられたが、気づけば床に転がされていた。

誰かの腕が肩を押さえ、他の誰かにベルトを外されて、あっという間に服をむしり取られる。このＶＩＰルームで裸《はだか》にされることに慣らされてきたものの、さすがに今日のは不本意だ。

「離してください……っ！　今日は、……嫌です……っ」

「嫌がられると余計にしたくなるって、おまえ、そろそろわかってきただろ？」

今井に腰に座られる。

さすがにこんな人数に取り囲まれていては、全く抵抗が形にならない。暴れたことで、息が上がっていた。剝《む》きだしにされた肌を誰かになぞられるたびに、鼓動《こどう》が跳《は》ね上がった。

「妙《みょう》なことされたくないんだったら、とっとと俺たちの質問に答えろよ」

「でも、少しぐらいは意地を張ってくれないと楽しくないかも」

頭上で声が交わされる。彼らにとっては遊び半分の行動かもしれないが、俺にとってはそうではない。守りたいものがあった。かつての職場、かつての仲間。かつての取引先。退職した俺は、いなくなったも同然の人間だけど。

「やめて……くださ……い……！」

「今日はどうする？　誰からする？」

「やっぱり、くじにしようか」

「みんなでやるんじゃないの？」

「にしても、順番があるだろ」

「だな」

俺をうつ伏せに押さえつけて、彼らは手首をネクタイで縛《しば》り上げた。それから、頭上でくじを引く気配がする。すぐに歓声《かんせい》を上げたのは、瑞樹だった。瑞樹は浮かれた様子で俺から離れて、自分の荷物を漁《あさ》り始める。

「実は今日あたり当たる気がして、楽しいものを持ってきたんだ。付き合いのある業者から、新製品だって貰《もら》っててさ。正人が意地張って、口を割ろうとしないんだったら、それを使うのはぴったりなタイミング」

何かを取ってきた瑞樹に場所を譲《ゆず》るべく、俺を押さえつけていた今井が上から下りる。だが、今日はくじに当たった人だけではなく、皆が俺の回りを取り囲んで、身体を押さえつけていた。

足を片方ずつ彼らに押さえこまれて広げられ、その奥に潤滑剤《じゅんかつざい》をまぶした何かがくぷりと押しこまれてくる。

「……っ！」

その感触に、俺は息を詰めた。

それが指や人体の一部ではないことは、今までの経験からわかった。指先ほどの大きさの、楕円形のもの。それが指の届く限り押しこめられるなり、かすかに振動し始めた。

「つう、……ぁ……っ」

ぞくぞくと、痺れが身体の内側を走り抜ける。機械的な律動《りつどう》を与えられるのは、初めてだった。反射的にそこに力が入ることで、振動が増幅された。一つだけでもその違和感《いわかん》に落ち着かないというのに、新たなものがもう一つ、ぬるりと入口を押し広げて押しこまれてくる。

倍になった存在感に、俺は震えた。二つのものが、それぞれに俺の体内で蠢《うごめ》いているのだ。

「何個まで入ると思う？」

だが、瑞樹は俺の足元に膝《ひざ》をついて、さらに新しいもののパッケージを破《やぶ》っていた。

「も、……やめて……ください……」

身体の奥で絶え間なく蠢くその感覚が、気持ち悪くて仕方がない。締めつけるたびにひくひくと、襞《ひだ》も連動して蠢き始めていた。

「こういうの、初めてか？　もう少し、試してみな」

男の色気《いろけ》を垂《た》れ流しながら、瑞樹は容赦《ようしゃ》なく三つ目のものを俺のそこに押しこんできた。中にはすでに二つ入っていたから、新たな挿入《そうにゅう》によって奥のものが、さらに深い位置まで押される。

その途端《とたん》、やたらとゾクゾクとした痺《しび》れが背筋《せすじ》を這《は》い上がった。前立腺《ぜんりつせん》に触れたのかもしれない。中でローター同士がごつごつとぶつかり合って、振動が増幅されて響《ひび》く。

「っう、……あ！」

びくんと、腰が大きく揺れた。だが、どんなに腰を揺らしても、中にあるものはぴっちりと襞に密着していて、少しもずれてくれない。振動を受けて、みるみるうちに性器が硬くなっていく。こんな異物を押しこまれて興奮《こうふん》している俺の姿を皆に見られているのが、たまらなく恥ずかしかった。

だが、瑞樹にとってはこれくらいは序《じょ》の口《くち》らしい。

「だんだん大きくなってきたな。許可なしでイったりできないように、次にここをせき止めておこうか」

瑞樹が取り出したのは、金属製の器具だ。一見、女性用の髪止めのようにも見えたが、今の不穏な発言から考えたらそんな可愛いものではないだろう。

瑞樹にペニスをつかまれただけで、熱くなったそこがズクンと鈍《にぶ》く疼《うず》く。根元に圧迫感とともにそれを装着され、これで射精《しゃせい》できなくなったんだと本能的に感じ取った。それは男性用の貞操帯《ていそうたい》のようなものなのだろうか。

その冷たいリングの感触ばかりに意識を奪《うば》われていると、次に乳首をきゅっとピンポイントで強く吸われる刺激に飛び上がった。ハッとして胸元を見ると、瑞樹が透明な筒《つつ》を乳首に押しつけている。上についたゴムの部分を押されて戻されるたびに、中の空気が吸い出されて、筒の部分に乳首を強く吸引された。

「っぁ、……っう、う……っ」

その痛み混じりの快感《かいかん》にどうしても身体に力がこもり、余計に中のローターの振動を感じた。

どうしようもなくなって首を振っても容赦なく吸い出され、乳首がチリチリとした感触とともに硬くとがっていく。

そこを見えない唇《くちびる》で吸《す》われているような悦楽《えつらく》をさんざん味わわされたところで、筒を外された。

外に出された乳首は、触れられただけでもひくんと身体が大きく震《ふる》え上がるほど敏感《びんかん》になっていた。

その乳首を無造作《むぞうさ》に摘《つま》み上げられ、指先で転がすようにして硬さを確かめられた後で、根元にシリコンの輪ゴムを巻きつけられた。

「んぁっ！」

乳首の神経をくびり出されたように感じられて、俺はうめく。

そんな俺の胸元に、彼らの目が注《そそ》がれていた。

「何それ。男のちっちゃな乳首でも、縛《しば》れるわけ？」

質問したのは、玲二だ。

「ああ。男性用に、極小の吸口と、極小の輪ゴムも付いてる仕様」

瑞樹は玲二に見せるようにして、くくりだしたのとは反対側の乳首にも透明な筒を被せた。さきほどと同じようにその器具で吸われるたびに、乳首からキュンキュンと切ないような刺激《しげき》が広がり、乳首が吸われっぱなしになる。

限界まで尖ったところで、きゅぽんと筒を外された。充血した乳首をてのひらでなぞられるだけでも、全身の毛穴がそそけ立つようなたまらない刺激が走る。敏感に尖った乳首は、触れられなくてもジンジンとした痺れを絶え間なく送りこんでくる。

——何だ、……これ……っ。

感じすぎる。

彼らに抱かれる前までは、乳首でろくに感じたことなどなかった。だが、技巧のある彼らにかかると、吐息《といき》だけでも総毛立《そうけだ》つほど感じてしまう。

乳首を両方とも極小の輪ゴムでくびりだされると、神経を剝《む》きだしにされた二つの塊《かたまり》を抱えこんだような感覚になった。この状態では胸元に軽く触れられただけでも、びくびくと腰が跳ねてならない。後ろ手に縛られ、胸元を突き出すような姿にされているから、なおさらだ。

「う、は、……っあ……っ」

「やらしい乳首に育ったな」

「ちょっとは大きくなったか？」

「大きさは変わってない。今もこんなふうに赤くなってるけど、外せば綺麗《きれい》なピンク色だし」

「色素が沈着《ちんちゃく》したのも、悪くないけどな」

「熟女《じゅくじょ》好きめ」

誰が何を言っているのかわからなくなるほど、俺は乳首と体内のローターに翻弄《ほんろう》されていた。絶え間なく振動するローターに襞が甘く溶《と》け、ジンジンと疼く乳首はむず痒《がゆ》さばかりを増幅させる。

床に投げ出されて絶え間なく身もだえしていると、瑞樹がタイミングを見計らって俺の肩をつかんだ。逃げられなくしてから、ゴムでくくりだされた乳首にローターを押し当てた。

それが触れただけで、俺は釣《つ》られた魚のようにビクビクッと跳ね上がった。

「つぁ、……つうぁ……！」

たまらなかった。小さな粒《つぶ》をシリコン製のローターで押しつぶされて微細《びさい》な刺激を送りこまれ、頭の芯《しん》まで甘ったるく溶けていく。縛られた腕に力が入り、手首にネクタイが食いこんだ。あっという間に下肢《かし》に血が流れこみ、ジンジンと熱く充血したペニスの根元に食いこむ鉄の冷たさを強く意識せずにはいられなかった。

「正人は乳首が、すごく感じるみたいだな」

感じすぎる乳首への刺激が辛《つら》すぎて必死で身体をひねっているのに、瑞樹はそれを許してはくれない。

しばらく押し当ててその振動に慣れそうになると、反対側の乳首に押し当てられる。さらにそちが側で狂わされ、放置して疼かされ、その焦《じ》らしが頂点に達していた最初の乳首をまたローターでいじめられた。

くびりだされた粒を強烈《きょうれつ》に刺激されるたびに、俺は刺激に翻弄されるしかない。

さらに玲二が別のローターを手に取り、瑞樹が弄っているのとは反対側の乳首にそれを押し当ててきた。

「ん！　……つぁ、あ……っ」

倍になった刺激に、のけぞって悲鳴を漏らす。両方の乳首をローターでこねるように弄られると、それだけで息が上がっていく。

どうしようもなくて膝が揺れ、ギチギチにローターを締めつけながらガクガクと腰を揺らすしかなかった。

そんな俺の頭のほうに、オーナーが回りこんだ。俺の前髪をつかんで視界を固定してから、柔らかく尋ねてくる。

「ここらで一回聞いてみようか。研修施設は、どこにあるんだ？　住所でも、何らかの目印でもい い。探し当てるヒントを教えろ」

そんなふうに言われたことで、ようやく自分がこんな形で嬲《なぶ》られている理由を思い出した。意地を張れば張るほど、どんどんこの甘い責め苦はエスカレートするはずだ。彼らが本気になったら、経験の浅い俺が最後まで耐《た》えられるとは思えない。それがわかっていながらも、口を割る気にはなれなかった。

——だって、……俺の、……大切だったところだから。

会社が小さかったころには、何でもやった。創業者社長と徹夜して分厚いカタログを校正したことや、そのカタログのミスに気づいて、発送前に皆で修正シールを貼《は》ったこともある。思わぬヒットで商品調達が追いつかず、トラックで工場まで取りに行ったことなど、さまざまなことを身体のたまらない悦楽の中で思い出す。

社長だけではなく、経理のおばちゃんや倉庫担当の社員など、大勢の人の顔が次々と浮かんでは消えた。

彼らはまだそこにいるだろうか。新社長に代わってから、ひどく居心地が悪くなったと話していたから、俺と前後して退職しただろうか。

それでも、俺の大切な場所だった。すでに会社は倒産して、残された財産を分配するところまで追いこまれてしまったが、最後の誠意だけは貫《つらぬ》きたい。何ら会社とは関係のない瑞樹たちに、かすめ取られるわけにはいかない。そんな熱い気持ちがこみ上げてくる。

「言い……ません……！　こんなことしても、……無駄《むだ》……です……から……っ」

すでにはち切れそうな快感で、身体が満たされていた。後孔から甘く溶け崩《くず》れ、吐き出す息が熱い。硬くなったペニスの根元を戒められているからなおさら、そこがじゅくじゅくと溶けて疼くような感覚が貼りついていた。

「仕方ないね。素直になれるまで、もっと時間が必要かな」

瑞樹が医療用の半透明なテープを取り出し、それを使って俺の乳首にローターを固定した。ただ押し当てられていただけで、身体がぞくぞくする。今は止められていたが、この状態でローターが振動し始めたら、と考えただけで怖い。

両方の乳首にしっかりとローターをテープで固定してから、瑞樹は手元に五つの電源装置を集めた。二つは乳首ので、残り三つは後孔に押しこまれたローターのものだ。

それをもてあそびながら、瑞樹が楽しげに言った。

「で、一つずつスイッチを強くしていく、と」

「どれがどれだかわかるのか？」

傍観していた今井が口を挟んだ。瑞樹は俺と今井に交互に視線を向けてから、得意気に言いはなった。

「……ま、全部スイッチ入れちゃうから一緒だろ」

「正人の反応で、どこのスイッチが入ったのか、わかるかもな」

その言葉の直後に、一番奥のローターが強められた。強烈に弾《はじ》ける刺激によって、俺は後孔の一番奥に入っていたものが強められたのを知る。

すでに中は先ほどまでの振動で、熱く柔らかく溶けていた。さらに二つ目、三つ目のローターが強められると、中でごつごつとぶつかり合う振動も増幅されて、その不規則な刺激にどろどろと下半身が溶けていく。

「っふぁ、……っひ、……や……っう、う……っ！」

腹の中で暴れ回るローターの刺激に耐えるだけでもいっぱいいっぱいだったのに、さらにとどめのようにきつくくびりだされた乳首のローターにも、一つずつスイッチが入れられた。乳首から脳天まで駆けめぐる刺激に、俺は縛られたまま狂《くる》おしく身体をよじるしかない。

「っぁ、……っう、う……っ」

身じろぐたびに、振動が全身を突き抜ける。

普通だったら、とっくに射精に追いこまれているほどの悦楽《えつらく》だ。息が乱れ、身体がひどく熱くて、汗が流れ落ちる。ひくつく襞が淫《みだ》らにローターを締めつけては、体内でぶつかり合う。その刺激を受け流すのは、ひどく困難だった。

ひたすら強烈に動き続けるものもあれば、強くなったり弱くなったりを繰り返すものもある。

「っん、……は、は……」

開きっぱなしになった唇から、どろりと唾液《だえき》が溢《あふ》れた。

懸命《けんめい》に耐えているうちに、五つのローターによって不規則に与えられる振動が、次第にとろりとした波のように感じられるようになる。快感は波のように高まっては凪《な》ぎ、さらに大きな波となって全身に襲《おそ》いかかった。

「ひぁ、……っぁ、……っあ」

それをやりすごすたびに、全身から汗が噴《ふ》き出す。

だが、あまりの刺激に耐えかねて大きく腰を揺らしたとき、ローターが中で大きく動いた。

その次の瞬間、強烈に身体を狂わす振動が脳天まで突き抜けた。

「っひぁ、……っぁ、あ、あ……っ!」

どうにかまた腰を振ってそこからずらそうとしてみたが、振動のたびに腹の底からこみあげてくる強烈な快感に、肉が溶けていく。

「っふ、ぁ、あ、あ、あ……っ」

強制的な快感の波が、全身に広がっていた。乳首が硬く凝《しこ》り、そこを小刻《こきざ》みに責めるローターの振動が痛いぐらいに敏感《びんかん》に感じ取れた。

身体を内側から狂わせていく快感に意識が溶け、全身を突っ張らせて悶《もだ》えることしかできない。

「っん、……ぁ、あ……っ」

ペニスがかつてないほど、硬く張りつめていた。先端から絶え間なく透明な蜜が溢れ出し、次々と幹《みき》を伝っては金属のリングを濡らしていく。

「っは、……っは……っ」

ただ呼吸するだけで、精一杯《せいいっぱい》だった。

頭の中が混濁し、身体を絶え間なく揺すっては、襞がただれて溶け落ちるような強制的な悦楽を受け止める。ただの肉塊になったかのように、まともな言葉すら綴《つづ》れない。

「っん、……ん、ん……っ」

最後に残っていたのは、もどかしさだった。全身がはち切れるほどに体内に詰めこまれた熱を、ひたすら解き放ちたいということしか考えられなくなる。痛いぐらい、ジンジンとペニスが張りつめていた。

そのとき、不意に涎《よだれ》に濡れた顎《あご》を誰かが包みこんだ。顔を正面に戻されて、涙に濡れた瞼《まぶた》を押し開く。俺の顔をのぞきこんでいたのは、瑞樹だった。

「どう？　そろそろ、喋《しゃべ》る気になった？」

うなずきそうになったが、その寸前でどうにか思いとどまった。

「……しゃべら……な……い」

「意外と強情だね。まだまだ、中の蕩《とろ》けさせかたが足りないかな」

そんな俺の足の間に手を伸ばし、瑞樹は外に出ていたローターのコントローラーをつかんだ。

「っうぁ！」

いきなり中の振動が一段と強くなった。今までの振動に、さらなる強度があるとは知らなかった。中からぞくりと痛みに似た悦楽が背筋を這い上がるのと同時に、ペニスにはち切れそうな圧力がかかるのがわかった。

「……それ、……抜い……て……っ」

「抜いて欲しかったら、力を抜いてみようか」

瑞樹に頬を撫《な》でられながらあやすように言われて、抜いて貰えると思った俺は、必死になって力を抜こうとする。

だが、振動が強すぎて、中の痙攣《けいれん》がまるで自分の思うようには操《あやつ》れない。瑞樹は振動を緩《ゆる》めないまま、一本のコードを指にからめて引っ張った。

中のローターが、焦れったいほどゆっくり抜け落ちていくのがわかる。だが中が蠢いて、抜かれていくものを引き止めようとからみつく。焦れったいほど、それは出ていかない。

「抜き出せないだろ。そんなに、これが好き？」

「ちがっ……、うぁ……！」

必死になって力を抜こうと深呼吸をしたとき、入口に一番近いローターが、くぷりと括約筋《かつやくきん》を内側から押し開くように動いた。

「っひ、ぁ、あ、あ……！」

そのぞわっとする快感に、意識が飛んだようになる。がくがくと腰が打ち振られ、その衝撃《しょうげき》を逃すことができないまま、じぃんとした悦楽がペニスにわだかまる。

どうにか一個目を抜き取ってもらうことができたが、あと二つ残っていた。瑞樹は残されたローターのコードに、指をからみつけた。

「どっちのコードが手前だと思う？　こっちかな？　それともこっちか」

射精寸前の状態まで押し上げられている身体は、やたらと襞をひくつかせる。力を抜こうと必死なのに、身体はまるで俺の制御下になかった。

瑞樹が適当に引っ張ったらしく、中にあったローターの一つが大きく動く。手前を引き当てたようだ。そのまま出口まで一気に引き抜かれて、目が眩《くら》むような快感にペニスが灼《や》けた。

「ふぁあああ……っ！」

それでも根元をせき止められて射精できず、重苦しい感覚が腰のあたりにわだかまっていた。あと一つ残ったローターが敏感になった襞で暴れ回るたびに、狂おしい刺激に息が詰まる。

「すごいエロい顔。今にも突っこんで欲しいって感じだな。おねだり通り、このまま犯そうか」

瑞樹が俺の足を押さえつけていたオーナーや玲二に手を引かせてから、あらためて俺の両膝に手を回して身体を折り曲げてきた。その狭間《はざま》にペニスを擦《こす》りつける。

「っ、ひぁ、……っぁ、あ、あ……っ！」

その硬い熱の存在を感じ取っただけで、全身が熱く灼けていく。このまま犯されたいような渇望《かつぼう》が、俺の全身を燻《いぶ》していた。だが、ローターを一つ残したまま犯されるとは、思っていなかった。

「……っ、やめ……て、……ください。……早く、……抜い…て……」

抜いてもらうことだけを考えていたというのに、瑞樹の大きなものが溶けた襞を押し広げて入ってくる。ローターとは比べものにならない圧迫感《あっぱくかん》に、息が詰まった。中に入ったままのローターがペニスによって奥のほうに押し戻され、感覚のない部分に小刻みに振動を送りこまれて、身体がおかしくなる。

襞が勝手にひくついて、瑞樹のものをギチギチに締めつけていた。

「っふあ、……ぁ……ん、ん……っ」

それだけではない。担《かつ》ぎ上げられた膝に乳首のローターが押され、そのたびにくびりだされた乳首が残酷《ざんこく》なほどに刺激されて、身体の芯まで衝撃が突き抜ける。

深い位置での振動によって甘く溶けた襞がざわつき、ひくりひくりと瑞樹のものにからみつく。瑞樹が馴染《なじ》ませるようにペニスを抜き差しされるだけでも、せき止められた射精感《しゃせいかん》が閾値《いきち》を超えるぐらいにまでふくれあがっていた。

「っん、……ぁ、あ……っあ」

絶え間なく身じろぐ俺を焦らすように、深くまで突《つ》き刺《さ》して、瑞樹が動きを止めた。それから、張りつめたペニスを軽くなぞってくる。

「パンパンだね。ここが限界だと思ったらすぐに外《はず》してあげるから、いつでも言って」

どろどろになったペニスの先端部分の蜜をこそげ取るように指先を動かされ、その刺激にも射精欲が増幅されて腰が浮きそうになる。すぐにでも射精させてもらいたくてたまらなかったが、それでも簡単に口を割ることはできなかった。

「ッ……う」

「すご……、いつになく、からみつくね……」

瑞樹が動きを止めているせいで、深みにあるローターの振動と、自分の襞の動きを嫌というほど感じていた。そんな状態だとゆっくりと動かされただけで、意識が飛びそうなほど感じてしまう。中のローターが瑞樹の動きに合わせて嫌というほど襞に押しつけられ、そのたびに腰が跳ね上がる。開きっぱなしの口から、涎が溢れた。

「ダメだ、……ダメ……っ」

心の中で言っているだけのつもりだったが、いつの間にか声に出ていたらしい。瑞樹が腰を動かしながら俺の顎をつかんで、垂れ流しになった唾液をすすり上げた。

「そんなにも意地を張るのは、……元々の雇用主に対する忠誠心《ちゅうせいしん》？」

俺のぼうっとした頭に、その声が届く。理解できてから、首を振る。

創業者社長ならともかく、新社長の信博には裏切られたような思いしかない。

「ちが……う……」

「だったら、どうしてこんなに、……意地を張るんだ？　もう身体も、……限界なくせに」

「裏切られたく……ないから……」

突き上げられる中でまともに考えられず、そんな言葉がすっと口から出た。

「誰に？」

聞き返されたが、ゆっくりと腰を動かされていて頭が働かない。

「……っ瑞樹……さんに……。皆さん……にも……」

瑞樹たちが悪人だと承知《しょうち》しているつもりだったが、それでも自分の大切なものを目の前でかすめ取られることだけは許せそうになかった。そうなったらきっと、嫌いになってしまう。

「どういう……意味？」

戸惑《とまど》ったように、瑞樹に尋ねられる。

だが、奥に入りこんだローターが切っ先に引っかかり、感じるところに押しつけられて訳がわからなくなった。強烈に体内で掻きたてられる快感に、ただ喘《あえ》ぐことしかできない。

「ひぁ、……っぁ……」

「俺たちに裏切られたくないって、どういう意味？」

あらためて尋ねられても、理性的に考えて答えることはできそうにない。それでも、必死になって答えをかき集めた。

「……っ、皆さんが……悪人だと、……知りたく……ぁっ、…ないん……です」

悪人だと、知っているつもりだった。

現実から目を背《そむ》けてはいけないとわかっているはずなのに、決定的な証拠を突きつけられるのが怖い。だからこそ彼らに、研修施設の場所を教えることができない。

そんな俺の返事に、瑞樹の動きが止まった。

じっと見つめられた後で、柔らかく唇を奪われる。そのキスはひどく優しく、舌をからめられているうちに、膝まで瑞樹の腰にからんだ。

——信じられれば……いいのに。

もしくは、開き直れればいいのに。どんな悪人であっても。俺だけに優しければいいのだと。

その両方ともできなくて、俺は中途半端《ちゅうとはんぱ》なところで胸を軋《きし》ませることしかできない。

キスの合間に、俺は訴《うった》えた。

「取られたく…ない…です…。会社の、……ッ、大切な財産を、……権利がある人に……分けた……っん……っぁ」

「なるほど」

瑞樹は俺をのぞきこみながら、悪っぽく微笑んだ。その唇の形に、無条件に鼓動が跳ね上がる。悪人であるほど魅力的《みりょくてき》に見えるのかもしれない。

「だったら、もっと頑張ってみろ。できるものならな」

玲二のそんな声が振ってくるのと同時に、正常位で犯されている俺の頭をまたぎ、股間《こかん》に顔を埋《うず》めてきた。ペニスの先端から溢れる蜜を啜《すす》られると、それだけでイきそうになる。だが、その根元に装着されたリングが、どんなにキツくとも解放を許してくれない。

舐められるたびにガクガクと腰が揺れ、意識が飛びそうになった。

そんな俺の唇を、玲二が取り出したペニスでなぞった。

「くわえて」

見下ろされ、その甘えたような表情にジンと胸が痺れた。普段は冷ややかさを漂《ただよ》わせている玲二の瞳が、こんなときだけは甘ったるく溶けるギャップに魅了《みりょう》される。

口を開くと、その中に押しこまれた。

「ツン……っ」

喉《のど》をきゅっと絞《し》めて深くまでくわえこむと、玲二もそれを真似て俺のペニスをくわえこむ。同じ刺激が自分のペニスに戻ってくるから、自分で自分のペニスを舐めているような奇妙《きみょう》な感覚に囚《とら》われそうになった。瑞樹に深くまで抉られながらも、俺は玲二のペニスを唇でしごきたてる。

ローターの振動も加わり、腰が中から溶け落ちるような甘さが消えない。熱い硬い肉が襞を押し広げながら奥へと突き刺さり、襞をからみつかせながら抜けていく。自分とは別の生き物のように、襞が淫らに蠢いては瑞樹のものをくわえこんだ。

「っう、……ふ、ぐ……っ」

「っん、……っん、ん……っ」

ペニスを入れられているだけでここまで気持ち良くなれるなんて、彼らに出会わなければ知るはずもなかった。

入れられているだけでもぎゅうぎゅうにされている感じがあるのに、スムーズに動かれるのが不思議でたまらない。奥のほうを突かれると、喉が締まって玲二のものをくわえこむ。

はち切れそうなペニスは放置されているだけでもじゅくじゅくと蜜を滴《したた》らせるというのに、それを玲二にひっきりなしに舌先で啜られていた。

乳首のローターも、玲二が加わったことによってやたらと乳首に押しつけられるようになり、そのたびに身体が跳ね上がった。

「は、……っは、は、は……っ」

ぐぐっと大きなものが、自分の身体の奥まで貫いていく。張り出した切っ先が疼いてたまらない襞全体を抉るたびに、甘ったるい声が漏れた。口から力が抜けると、玲二のものがより深くまで入りこむ。抜かれるときの腰が痺れるような感覚にも弱くて、ぐぐっと喉で玲二のものを締めつけてしまう。

「ん、ん、ん、ん……っ、……ふ」

絶頂を求める気持ちが止められない。ふくれあがる一方の射精感をどうにかしたくて、自分から腰を浮かして、感じるところに瑞樹のペニスを導くことさえした。だが、どんなに感じても射精にはたどり着けず、もどかしさばかりがつのる。

「っうぁ、……ン、ン……っ」

耐えかねてがむしゃらに切っ先に感じるところを擦りつけ始めた俺の膝を、瑞樹が胸に突きそうなほど抱え上げた。その足を、玲二も一緒になって抱えこむ。

「そんなにも、イきたいんだ?」

動けなくなった俺の代わりに、感じるところを瑞樹が集中的に抉りあげてくる。鋭《するど》い突きに、前立腺が嫌というほど抉られた。

自分でもどかしく腰を擦りつけるのとは段違いの悦楽に、悲鳴が漏れた。

「ひぁ、あ、……っぐ、……ふ、……ひぁ、あ……っ」

苦痛に似た悦楽に、身体が逃げを打つ。

だが、両足を抱えこまれて深くまでねじこまれるたびに、全身が痺れて息が詰まった。

どれだけ、その地獄《じごく》の悦楽が続いたのかわからない。

瑞樹の動きが止まったのは、俺の中で精を吐き出したからだった。

その後でやんわりと動かされ、掻き出されてとろとろと縁《ふち》から溢れ出す精液を感じながら、俺は自分だけが達せないもどかしさに、爪先《つまさき》をきゅうと丸めた。


それから玲二が挿入し、オーナーが入れて、今井にもされた。

ボロ雑巾《ぞうきん》のようになった俺の中をさんざん責めたてた後で、クライマックス寸前の今井が動きを止めた。

「そろそろ、……口を割ったらどうだ?」

這わされた姿で、感じるところにぐりっと切っ先を擦りつけられる。こんなにも長時間射精を許されずに犯され続けて、身体のあちらこちらが痺れたようになった。それでもさすがにそこを圧迫されると、ペニスの先からじんわりと蜜が滲んだ。

「研修施設の場所さえ話したら、いくらでもイかせてやるのに」

ぼんやりと霞《かすみ》がかかった意識の中で、喋ってはいけないという思いだけが俺を支えていた。

ここまで我慢したのだ。あと少しだけ耐えたら、どうにかなる。

だが、あと少しの我慢さえもキツくてならない。前立腺に押しつけられたペニスが動かされるだけで、全身が溶け落ちそうな悦楽にうめきが漏れる。さらに立て続けに背後から突きこまれ、ガクガクと力なく揺さぶられていた俺に、今井が言葉を続けた。

「あと少し耐えたら、……どうにかなるって思ってるだろ？」

心を見抜かれたような思いとともに、俺は心の中でそうだと答える。

「だけど、それは甘いぜ。一巡《いちじゅん》したら、また最初に戻るだけだ」

——何……だって……？

思いがけない言葉に、俺の肩がピクリと震えた。

その言葉を肯定《こうてい》するように、瑞樹の声が響く。

「ああ。いつでも、最初に戻って大丈夫だ。いくらでも準備はできてる」

「な……っ、……ぁ、……ン、ン……っ」

うつ伏せにされていた俺の身体は、深くまで挿入されたまま、今井の手で仰向けにひっくり返された。

ずっとつけたままのローターのテープが片方だけ今井の手によってむしり取られ、その下で充血して尖っていた乳首が外気にさらされる。それだけでも奇妙な感じはあったのに、根元をくくられたまま口に含まれて、ぬめる舌と歯の感覚にガクガクと腰が揺れる。

さんざん乳首をしゃぶられて気が遠くなったあげくに、そこをくくっていたゴムを外されて、一気に血が流れこんでいく冷たい感覚にさらされることになった。

「っん、……ふぁ、……ぁ、あ……っ」

動き出した血流の奇妙な感覚は耐えがたくて、どうしても中に力がこもる。

これ以上はないと思っていた悦楽の濃度が、ますます上がっていく。何もなくなった乳首をしゃぶられると、瀕死《ひんし》の生き物のように身体をひくつかせずにはいられない。痛いのか気持ちいいのか、それすらわからなくなっていた。

さらに反対側の乳首のローターも外され、充血した小さな粒をしゃぶられると、もはやそれ以上の刺激を耐え抜くのは無理だとわかった。早く射精して楽になりたい。

心が折れる。

「……っ、富士の……」

かすれきった声で、俺は告げた。

「富士の……どこ……？」

今井に誘導されるがままに、俺は頭に浮かんだあのあたりの道順について説明した。

夢の中での出来事のように、途中で自分が何を口走っているのかわからなくなる。聞かれているのは研修施設なのか、それともその付近にあった取引先の工場のことなのか記憶が混濁《こんだく》して、途中でその工場の位置について説明している自分に気づいた。

——え？

そのことに混乱したが、それでもいいと思い直す。何も本当の研修施設の場所を伝える必要はないはずだ。最初から嘘《うそ》をつけばよかったのに、今まで思いつかなかった自分の愚《おろ》かさに呆《あき》れる。

聞き出されている間も、前立腺をゆるゆると擦りたてるペニスの感覚ばかりに意識が引きずられた。呼吸のたびに唾液が溢れ、早く射精させて欲しいという切迫《せっぱく》した思いばかりが募《つの》っていく。

俺が正直に吐《は》いたと思ったのか、今井がペニスの根元に触れてきた。

「ようやく、素直になれたな。外してやろう」

この責め苦がようやく終わることに、ホッとする。だが、嘘をついたという罪悪感《ざいあくかん》が胸に詰めこまれる。彼らが悪人なら、俺は嘘つきだ。もはや彼らとの関係を修復することは不可能なのかもしれない。そんな冷たい恐怖に、心臓が凍《こお》る。

「う、ぁ！」

そのとき、ぶつ、という感触とともに、ペニスの根元に絶えずかかっていた圧力が不意に途切れた。それと入れ替わるように、ペニスからざわつくような痺れが広がっていく。

「ほら。イケよ」

戸惑いにひくつく俺の身体を押し上げるように、今井が熱く火照《ほて》って溶けたような襞を力強く突き上げる。そうしながらその大きな手でペニスをしごかれ、乳首に歯を立てられるとひとたまりもなかった。

身体の奥底から何もかも灼きつくすような炎が広がり、全ての枷《かせ》が外れていく。

「つう、ぁ、あ、あ、あ……っ！」

太腿《ふともも》が小刻みに痙攣し、爪先までその硬直が広がった。

「う、ぁ……！」

がくがくとのけぞりながら、何度にもわけて精液を吐き出す。

後はもう、何もわからなかった。

目が覚めたとき、俺はＶＩＰルームのソファに毛布をかけられて転がっていた。ひどく疲れ切った、ボロ雑巾のような気分で目を覚ます。

だるくて身体が重かったが、今の状況が頭に蘇《よみがえ》った途端、慌てて目を見開いて室内を見回した。

――オーナーたちは……っ？

上体を起こしただけで、目の前がクラクラする。

ＶＩＰルーム内にはごく控《ひか》え目に間接照明がともされていたが、ここにいるのは俺だけのようだ。

毛布の下は全裸《ぜんら》だったが、すぐ目の前のローテーブルに、脱《ぬ》がされた俺の制服が畳《たた》まれて置かれている。その上に、オーナーの字でのメモが残されていた。

『今日はゆっくり休め。後のことは、私たちに任せろ。鍵《かぎ》はここに。戸締《とじ》まりを頼む』

――任せられるはず、ないだろうが。

俺は頭を抱えた。激しすぎるセックスの後遺症《こういしょう》なのか、頭痛がする。

オーナーたちは、研修施設にある帳簿書類を入手するために、富士に向かったのだろうか。

それだけで、ぞわぞわと不安が胸に広がる。オーナーたちに伝えたのは、嘘の場所だ。いつ嘘が露呈《ろてい》するかと不安を覚えつつ、俺は時刻を確認した。すでに朝の九時を回っていた。他の従業員たちはとっくに帰宅している時刻だ。

下着だけを身につけ、俺は制服を抱えて従業員ロッカーに向かった。歩くだけでも全身がみしみしするのを感じながら、出来るだけ急いで私服を身につけた。

——今から出来るだけ早く研修施設に向かって、帳簿書類を回収し、警察に駆けこむ。

頭の中で、これからすることを確認する。

オレンジカタログの意図的な資産隠しを暴露《ばくろ》するためにどこを頼ればいいのか、よくわからない。とにかく警察に駆けこんで、事情を説明するところからだ。

身支度を調えている間にも、俺をボロボロになるまで抱いた、オーナーたちのことが頭から離れなかった。

——俺に裏切られたって、……思ってるだろうな。

嘘の場所に到着したことで、彼らは俺に裏切られたことを知るだろう。どんな反応をするだろうか。

俺がそんな嘘をつくなんて、思っていなかったかもしれない。

「俺だって、……嘘つく……ときは、……つくんですよ」

誰もいないロッカーで、精一杯の虚勢を張って独《ひと》りごちる。

これで彼らとの関係もおしまいかもしれないと思うと、胸がからっぽになるようだった。

——だって、……悪人というには、どこか違和感《いわかん》があるから……。

店ではろくでもない話ばかりしている。

その気がなかった俺を強引に押し倒し、丸めこんで楽しげに関係を続けさせた。

——だけど、……俺の同意がなかったわけじゃないし。それに、毎回、綺麗《きれい》にしてくれる……。

複数を相手にするのは大変で、毎回、クタクタになって、いつ意識を失ったのかわからない状態だった。だが、目覚めたときに精液まみれだったり、うち捨てられた感じだったことは一度もなかった。今日もそうだ。必ず誰かが、身体を綺麗にしてくれる。

——だからかな。……目覚めても、……あんまりひどいことをされたという意識が……残らないのは。

夢うつつのときに抱きしめられたような記憶も残っている。抱きしめて、丁寧《ていねい》に身体を清めてくれる、誰かの気配。

目覚めたときにはそんな誰かの愛情の残滓《ざんし》のようなものが、身体に宿っていた。

——あ、……だけど、こんなにも痕《あと》がクッキリと。

手首のボタンを留めるときに、ネクタイで縛られた痕が残っているのに苦笑する。

昨日は感じすぎて、そこに力が入りすぎたのかもしれない。二週間後には消えてしまうようなアザだが、その痕跡《こんせき》を見るたびに彼らとの情事を思い出して身体が疼くだろう。

どうしても、彼らを憎《にく》めない。こんな複数での関係が、いつまでも続くはずはないとわかっているのに。

そのとき、ふと俺のロッカーの上に箱が置かれているのに気づいた。

——何だろ?

そこに置かれているからには、自分宛のものとしか思えない。心あたりのないまま、俺は背伸びしてその箱を引き寄せた。

包装紙とリボンで飾《かざ》られた、一抱えぐらいある大きな箱だ。大して重くない。リボンに挟まっていたカードを、俺は開いた。

『ハッピーバースディ　正人』

その文句に面食《めんく》らった。

——え？　誕生日……？　誕生日だったっけ、俺……？

今日は何日だったかと考えてみると、確かに俺の誕生日だった。

自分でも忘れていた誕生日を、どうして彼らが覚えているのだろうか。カードはオーナー、瑞樹、玲二、今井の連名になっていた。彼らが俺の誕生日を覚えていてわざわざ祝《いわ》ってくれたんだと思っただけで、目頭がじぃんとしてくる。

——バカ。……しっかりしろ、俺……。

誕生日など祝われない年齢になって久しい。こんなふうにサプライズで驚かされるなんて、思わなかった。しばらく立ちつくして、泣き出しそうな衝動《しょうどう》が落ち着くのを待つ。

——たわいもないよな、俺……。だけど、きっと、ろくでもないものが入っている。

そんな予感がした。きっと昨日、瑞樹が俺に使ったような大人のおもちゃやその類《たぐい》の、あきれ果てるようなものが入っているのかもしれない。

俺は冷静になろうとしながら、箱をテーブルに載せてリボンを解いていく。プレゼントなど貰ったのは久しぶりで、前回がいつだったのかなかなか思い出せない。最大のプレゼントは元妻が産んでくれた娘で、初めてこの腕に抱いたときには強い感動に、しばらくは涙ばかりが溢れて、言葉も出なかった。

どんなものが出てきても驚かないように覚悟を決めてから、俺は箱を開けた。

「ん？」

変な声が出た。

緑色の高級そうな箱の中に入っていたのは、変な顔をした熊《くま》のぬいぐるみだ。

もしかしてこれは娘宛なのかと思ったが、娘の誕生日はだいぶ先だし、カードには確かに俺宛のバースディメッセージが書かれていた。何で自分のような三十を越えた男にぬいぐるみなのかと不《ふ》審《しん》に思いながらも、とりあえずぎゅっと片方の手で抱えてみる。

驚くほどそれは、しっくりと腕に馴染んだ。

——……あれ？

考えてみれば、こんなふうに柔らかなものを抱くのは久しぶりだった。

熊は最初はギョッとするほどの間抜けな顔つきに思えたが、次第に愛嬌《あいきょう》があるように思えてくる。

俺は何度かぬいぐるみを抱き直して、そのたびに癒《いや》されていくのを感じる。たわいもないプレゼントだったが、こんなふうに抱きしめるものがあるだけでも幸せになれる自分の空虚《くうきょ》さに苦笑した。

——最高。……俺には、……最高のプレゼントだ……。

彼らは俺のこんな寂しさまで知っていたのだろうか。ぬいぐるみを抱いて、泣いてしまうほどの。

三十もすぎた大人が、ぬいぐるみを抱いて泣くなんて滑稽《こっけい》だ。

だけど、誰にどう思われようが、どうでもよかった。俺はしばらくぬいぐるみを両手できつく抱きしめて顔を埋めた後で、涙をぬぐう。

——……こんなこと、してる場合じゃない。

やらなければならないことがあった。俺は気分を切り替えてとりあえずぬいぐるみをロッカーの中に押しこみ、上着をはおりながら店を出る。

外は曇《くも》りだったが、すでに社会人にとっての一日は始まっていた。

俺はさして空腹を感じないまま、最寄りの営業所にレンタカーを借りにいく。急いで、富士の研修施設に向かわなければならない。

オレンジカタログの新社長である信博が、古い帳簿書類の存在に気づいているかわからなかった。まだあの場所に、そのまま置かれているのだろうか。だが、倒産を受けて、隠し財産となったあの施設をどこかに売り払ったり、壊そうとしたときに、あれらの存在に気づくかもしれない。すでに古い帳簿書類が処分《しょぶん》されていないことだけを祈《いの》るばかりだ。

――みなさん、すみません。

頭の中で謝った。

俺が偽《いつわ》って口にした富士の麓《ふもと》にあった取引先の倉庫から、社が所有していた研修施設までは、車で三十分ぐらいの距離がある。

――ごまかせ……ないだろうな。あの取引先が営業してたら、看板が出てるだろうし……。すぐに、嘘だと気づくはず。

携帯は持参していたが、昨夜《ゆうべ》の仕事前に切ったままで、電源を入れていない。電源を入れた途端、オーナーからの電話が入りそうで、怖かった。

気持ちばかりが焦る中で、俺はレンタカーを富士山麓に向かって走らせる。首都高から中央高速を経て、山中湖の方向に向かう。

その間、ぼんやりとオレンジカタログで働いていたときのことを思い出していた。創業者社長がもっと長生きしていたら、まだ会社は安泰《あんたい》だっただろうか。忙《いそが》しくて目が回る日々だったが、全盛期はひどく充実していた。毎月の売上が前年度を大きく上回るたびに部内で飲みに繰《く》り出《だ》し、この会社は自分たちがもり立てていくんだと気炎《きえん》を上げた。

——だけど、……そこまでだった。

新社長体制になったときから、このような終わりは見えていたのかもしれない。一昔前までは、一つの企業が繁栄《はんえい》を謳歌《おうか》できる期間は三十年と言われていた。おそらく今は、もっと短いのだろう。

——それでも、全盛期に社にいられたのは幸せだった……。社長や仲間と、懸命《けんめい》に働けた。

退社することになった大きな失敗が、今でも俺の胸に楔《くさび》として打ちこまれている。その責任を取ったのだが、やはり退職したのは間違いだったのだろうか。

——何が何でも社に残って、……新社長をいさめていたほうが……良かったのか？

新社長の信博と俺は年齢も近いし、若造《わかぞう》の俺がいさめても聞くタイプではない。今さら考えても仕方のないことだとわかっていても、どうしても後悔ばかりがつのる。

俺を育ててくれた創業者社長の恩に報《むく》いることができず、無責任に自分の義務を放棄したような苦さが、胸の奥にこびりついて消えない。

途中のサービスエリアで、俺はようやく携帯の電源を入れたオーナーからの着信が入っていないことにホッとしつつ、不可解な気持ちになった。それでもその気持ちをぐっと押さえつけ、かつての同期に電話をかける。俺が退社するときには残っていたその同期も、半年後に退職したそうだ。今は別の仕事を見つけているという彼から、俺の退社後の状況《じょうきょう》も少しだけ聞き出せた。

新社長はあの空気清浄機の海外の業者と、その後、ずぶずぶの付き合いになったそうだ。片言《かたこと》の日本語しか話せない女が愛人として社長室に入り浸《いびた》り、その女に操られるがままに、信博はその業者の商品をいろいろと買い付け、売りさばくことを部下に命じた。社のカタログはその業者のろくでもない商品で溢れるようになり、クレームが多発し、客はさらに離れていった。

『……社の雰囲気は最悪だったな。……あのときに、……古くからの社員がだいぶ辞めたと思うよ。人が抜けても補充しなかったから、発送も対応もさらにぐだぐだになっていった』

「そうか」

『それにね、……社長が組んでた業者は、あれ、……海外マフィアだったから』

玲二たちにも指摘《してき》された言葉が出てきたことに、俺はドキリとした。

「海外マフィア？　その確かな証拠でもあるのか？」

『ないけど、何だかろくでもなかった。商品の数も納期もめちゃくちゃだったし、仕入れたばかりの商品の梱包《こんぽう》も解かないまま、どこかに運べと新社長に命じられたこともあったな。みんな、気味《きみ》悪《わる》がってた……。倒産の話を聞いたときには、そうだろうな、と思ったよ。むしろ、よくここまで持ったと思ったぐらいだ』

マフィアについて詳しく聞き出そうとしてみたが、さすがに同期はそこまで知らないようだ。

俺は礼を言って、電話を切る。オーナーからの着信が怖かったから、またすぐに電源を落として、運転席で深呼吸した。

──やっぱ、……マズいものがからんでるみたいだな。

通訳兼コーディネイターはつけたが、新社長を一人で海外に送り出したあのときのことがきっかけだったのだろうか。あまりお供をつけなかったのは、新社長に独り立ちしてもらうためだ。だが、何もかも自分のせいだという罪悪感《ざいあくかん》がこみあげてくる。

それでも、海外マフィアがからんでいるのだったら、余計に不正を正すしかない。

俺は研修施設に向けて、ひた走った。


色褪《いろあ》せた看板に、割れたアスファルト。その隙間《すきま》から生える雑草。

広い駐車場の半分近くが、植物で覆《おお》われていた。そこに、俺は車を停めて降り立った。

この付近にインターチェンジを作る計画があるというが、それがしっくり来ないほど、周囲は深い緑で覆われていた。

――ああ。だけど、……開発が近いからこそ、土地だけ買収して、放置されているのかもな。

いずれ全て潰して整地するつもりなら、事前に金を掛けるつもりはないのだろう。

その駐車場に接した研修施設の外壁はひび割れ、幾重《いくえ》にもツタが這っていた。かろうじて廃墟《はいきょ》に見えないのは、目立つ位置のガラスが割られていないからだ。落書きもない。俺は周囲を見回し、侵入口を探す。裏手にガラスが割れた窓を見つけたので、そこから中に入りこむことにした。

――前に来たのは、…社長と来た五年前か。あの頃までは研修とか、役員を集めての泊まりこみの会議で使ったりしてたけど、新社長になってからはさっぱり、だな。

新社長の信博は、泊まりこみの会議など開くタイプではない。

放置されていた期間に、埃《ほこり》が分厚く積もっていた。

それを踏んで、俺は奥の部屋を目指す。窓はツタで半ば塞がれ、建物内部は薄暗くてひんやりとしていた。宴会室《えんかいしつ》の隣に事務室があって、そこに古いコピー機などが置かれていたはずだ。そこで研修のときには資料を作ったり、作業をしたりしたものだ。

かつてここで開かれた会議や研修のことが自然と思い出されて、しんみりしてくる。何日もここに泊まりこんで、同期と夢を語ったこともあった。会社の規模のわりに社員は少なかったから、密《みっ》接《せっ》な付き合いができていたのだ。

――ここか……。

俺は記憶を探りながら、目的の部屋にたどり着く。一階の一番奥の部屋だ。建物には電気は通っていないようだが、昼間だから外からの光でどうにかなった。

その室内に入りこんで、ぐるりと周囲を見回す。

――あれかな？

八畳ぐらいの広さの部屋の中央に、折りたたみできる長机がコの字形に三つ置かれていた。その一つに無造作に段ボールが二つ取り残されていた。資料作成に使ったものを車に積んで持ち返るつもりが、俺が忘れていったものだ。

近づいて埃の詰まった蓋《ふた》を開くと、中には確かに帳簿書類がみっしりと詰めこまれていた。だが、それを両手で抱えこんで車まで運ぼうとしたそのとき、近くで人の声が聞こえた気がした。

――あれ？

耳を澄《す》ますと、車のドアの開閉音らしきものも聞こえる。

――え？　誰……？　近いよな？

まさか、オーナーたちだろうか。一瞬、その可能性も考えたが、俺に発信器でもついてないかぎり、この場所はわからないはずだ。無人のはずのこの研修施設に誰がやってきたのか確認しようと俺は段ボールを元の場所に戻し、廊下に出て窓から玄関のあたりをうかがった。

だが、窓枠《まどわく》にからみつくツタやさんざん茂《しげ》った木々に阻《はば》まれて、視界はまるで効《き》かない。そのうち、人の声が明らかにこの同じ建物内に入ってきたことにギョッとした。

——ええと、……たぶん、俺、住居無断侵入になるよな……。

法律のことはよくわからないが、社員でもない俺がこの建物の中にいるのはマズい気がする。だが、誰も来ないと思って、堂々とここの駐車場にレンタカーを停めていた。やってきた人たちは、おそらくあのレンタカーに気づいているだろう。

それでも、すぐに見つかりたくなくて、俺は焦った。声が近づいてくるにつけ、どこかに身を隠さなければならないと思って、さきほどの事務室へと引き返す。

気配と声はまっすぐこちらに向かってくるようだ。

——外国語？

声が聞き取れないほど鼓動《こどう》が跳ね上がって、冷たい汗《あせ》が背中を濡《ぬ》らす。閉じたドアのすぐ手前の壁に、俺は背中をつけて棒立《ぼうだ》ちになった。

「ここか？」

そのとき、日本語の声がすぐ近くの廊下で響く。その直後にドアが開かれた。瞳を巡《めぐ》らすと、俺のすぐ横にスーツ姿の男たちが何人か入ってきた。

どうして俺の居場所が、こんなにも簡単に探れたのかと思う。埃だらけの床に、俺の足跡が刻まれていたのだろうか。

入ってきた男たちを凝視《ぎょうし》した俺の目は、思わぬ姿《すがた》を捉えた。

「社長……！」

新社長の信博が、そこにはいた。

俺がいたころにはいかにも会社員という風体《ふうてい》だったのだが、今は髪を短く脱色して、スクエアの眼鏡をかけている。アパレル企業の社員のような小じゃれた姿に、蛇《へび》のような無機質な眼差《まなざ》し。俺の知っていた信博とは、別人だった。

信博は俺を見つけて、驚《おどろ》いた顔をした。

「どうして、……おまえが、ここに」

だが、直後に表情がひどく険しくなる。やはりここは、資産隠しの対象なのかもしれない。マズい現場で居合わせたことを、ひしひしと感じ取る。

「いえ。……その……」

どうごまかしたらいいだろうか。正直に答えたら、きっとやぶ蛇だ。

少なくとも先ほど見つけたばかりの帳簿書類を渡してはならないと思ったが、彼らの目に長机の上にある段ボールが入らないはずがない。

「何だそれは」

俺の視線を辿ったのか、信博に尋ねられた。

「いえ。……あの、俺の私物です。ここに置き忘れていたので、取りにきたんですが」

「おい。ちょっと、中を見ろ」

信博はまるで俺の言葉を信じず、付き従っていた男たちに横柄に顎をしゃくった。

信博に付き従っていたのは、スーツ姿の四人の男だ。アジア系に見えるが、国籍《こくせき》まではわからない。先ほどは外国語が聞こえてきたが、日本語ができるメンバーもいるようで、信博の言葉に従って段ボールに近づき、そこにあった帳簿を取り出して見せている。

「ん？　──年度会計資料？　何で、これが、こんなところに」

信博が長机に近づき、段ボールの中身を長机の上にぶちまけて確認していく。何年か分の帳簿の原本があるのを知ったのか、険しい顔を俺に向けた。

「おまえが、……これを隠しておいたのか？」

悪の親玉のように言われて、少し驚いた。俺にそんな深謀《しんぼう》があるはずがない。

「いえ、……その、……置き忘れていただけです。……お父様と、……資料を作った五年前から、ここにありました」

正直に答えることしか思いつかなかった。

信博の表情はまるで緩まず、腕を組んで嘲《あざけ》るように唇を歪《ゆが》めた。

「これは、焼けて無くなったはずだ。せっかくつじつまを合わせるように苦労したのに、今さらこんなものが出てきたら、……困るな」

暴力的な声の響きに、俺の背筋に冷たいものが広がった。

だけど、ここで会ったのも何かの縁《えん》だ。どうにかして信博を説得して、今からでも隠し財産を債権者に返すように説得することはできないだろうか。

だが、口を開く前に、信博は顎をしゃくって、背後の男たちに命じた。

「運び出して、焼却《しょうきゃく》しろ」

長机の上に放り出されたファイルが再び段ボールに押しこまれ、彼らの手で運び出されていく。せっかく見つけた証拠が葬《ほうむ》りさられるのを、見過ごすわけにはいかない。

「待ってください！　何でそれを焼かなければならないのか、理解できません。そんなことをしたら、お父様が悲しみます……！」

信博がこれを焼こうとしていることで、不正があることを確信した。これが出てくると、資産隠しや計画倒産のあれこれの不正の証拠となるのだろう。だが、逆効果だったのか、信博が激昂《げっこう》したように怒鳴《どな》った。

「父など、関係ない！　クビになった部外者のおまえが、余計な口出しをするな……っ」

創業者社長と比べられるたびに、信博が苛立《いらだ》っていたことを遠く思い出す。もはやどうしようもない事態にあることを悟《さと》りながらも、俺はそれでも食い下がらずにはいられなかった。

「どうしてこんなことになったんです？　オレンジカタログは、お客様第一の誠実な商売をしていたはずです。なのに、財産隠しや計画倒産なんて……っ」

「おまえはどうやら、知らなくてもいいことまで知っているみたいだな。今さら、のこのこ現れやがって。何のつもりだ？　分け前でも貰いたいのか」

信博は俺に詰めより、強く肩をつかんで壁に押しつけた。

「金が必要だったんだよ。どうせ、こんな通販会社に将来はない。財産をすり減らさないうちに処《しょ》分《ぶん》して、何が悪い……！」

「金が必要って、どうして……」

「おまえには、関係ない」

有限会社だから、創業者社長亡きあとの全権は、信博に移された。その会社をどのようにしようが、信博の勝手かもしれない。それでも、あくまでも罪《つみ》を犯さない範囲《はんい》においてだ。

――やっぱり、見過ごせない……。

俺は強く拳《こぶし》を握《にぎ》った。

多勢《たぜい》に無勢《ぶぜい》だったが、やれるだけやってみるしかなかった。あの帳簿書類を焼却させてはならない。ドアの横に男が一人立ってはいたが、その前をどうにか通り抜けて段ボールを運ぶ男たちに追いつき、奪《うば》い返して警察に飛びこんでみせる。

必死になれば、それくらいできないだろうか。

だが、気負ってドアから飛びだそうとした途端、俺は足を引っかけられて、廊下で派手に転倒した。

そこには分厚く埃が積もっていた。勢いよく転んで強く肩や胸を打ち、埃を吸いこんで咳《せき》こんだ。そんな俺の前に立ちはだかった信博を、俺は喘ぎながら涙のにじんだ目で見上げる。

「ここに来てるのは、おまえ一人か？　ろくでもないことに首を突っこんだばっかりに、二度とまともな道に戻れなくなったやつを、何人も知ってるよ。おまえをシャブ付けにしてから、道路に突き飛ばしてやろうか」

――何だと……？

信じられないことを耳にして、俺は凍りついた。

性格はねじ曲がっていたが、俺が知っていたころの信博には、過保護に育てられた少年時代が消えない軟弱《なんじゃく》さがあった。だが、彼の目つきも口調も、俺が知っているころとはまるで違っていた。

歪みきった凄《すご》みのようなものすら感じ取れる。

見知らぬ者と対峙《たいじ》しているような恐怖が、俺の背筋を凍らせていく。

俺は立ち上がれないまま、残る二人に視線を向けた。段ボールを運ぶために二人が出ていったから、残るのは二人だ。彼らの目つきも一様に冷ややかで、俺の常識が通じなさそうな態度にゾッとした。

「っぐ!」

そのとき、彼らの一人が近づいてきて、俺の腕をねじあげる。

「ドウシマス?」

片言の日本語に、信博が肩をすくめた。

「口止めしたいけど、今はクスリないな?　一度連れ帰ってから、にするか」

骨が軋むような腕の痛みに、俺はうめく以外のことができない。この男たちは荒事に慣れているだけではなく、他人の痛みを斟酌《しんしゃく》しないタイプだ。

「アレッ、社長サン」

「どうかしたか?」

「手首ニ、痕ガ」

男に呼ばれて、信博が俺の背をのぞきこむ。

何のことだかわからなかったが、その位置にねじあげられた手首に、オーナーたちにネクタイで縛られた痕跡が残っていたことを思い出した。彼らはそれを見たのだろう。

そこをのぞきこんだ信博が、くくっと喉の奥で笑った。

「おまえ、そういう趣味があるんだ？　とんだM男ってことか。だったら、こいつで裏ビデオ、撮っちゃおうか」

何を言ってるんだと呆然《ぼうぜん》とするのと同時に、背筋に冷たいものが走る。

俺が退職するまでは、まだ信博には可愛げのようなものが残っていた。だが、こんなろくでもないことばかり言い出すなんて、どこまで悪事に手を染めているのだろうか。

「撮リマス？　裏ビデオ」

こんな展開になるのは初めてではないのか、手首をねじあげていた男が、懐から取り出した粘着《ねんちゃく》テープで俺の腕を縛っていく。信博が笑って、別の男に命じた。

「車にカメラあるから、取ってこい」

――俺で、裏ビデオ……？　本気なのか？

ここに至っても、こんな展開が現実だとは思えない。

だが、その直後に俺は仰向けに廊下にひっくり返された。もう一人の男に肩を押さえさせながら、信博がジーンズを俺の腰から剝ぎ取ろうとする。

「やめて……ください……っ、何…を……っ」

抵抗しながら見上げた信博の表情は、ぞっとするほど酷薄《こくはく》だった。

のっぺりとした爬虫類《はちゅうるい》のような顔つきに、あまり筋肉がついていないひょろ長い身体。だが、クスリでもやっているのか、スクエアの眼鏡《めがね》の奥の目には狂気《きょうき》じみた光が宿り、俺を押さえつけてくる腕の力は異様なほど強い。

こんな男は、知らない。

頬をつかまれ、どこか性的に指でなぞられて、その感触にゾクゾクと震えた。その反応を見て、信博は興味をそそられたように俺の顔をのぞきこんできた。

「力を抜いて、楽しめよ」

ジーンズを足首から強引に抜かれて、靴《くつ》も一緒に脱げていた。さらに下着を引き下ろされそうになって暴れたが、二人がかりで押さえつけられているから、どうしても抵抗しきれない。信博は俺を組み敷いて、楽しげな哄笑《こうしょう》を響かせた。

俺の中では、違和感がふくれあがっていくばかりだ。

——これは、違う……。

オーナーたちにもこんなふうに押し倒されてきたが、根本的な何かが違っていた。信博と何がどう違うのか、自分でもよくわからない。だが、信博は俺にただ屈辱《くつじょく》を与え、好きなように操るために犯すのだ。

そのとき、カメラを取りに行った男が戻ってきた。信博がそれを受け取った隙を逃さずに、必死になって起き上がろうとしたが、三人がかりで押さえつけられるとそれもかなわない。脱がされた服が埃まみれの廊下でぐちゃぐちゃになり、片膝を一人ずつ男に抱えこまれた。

俺のわからない言葉で、何やら浴びせかけられる。意味はわからなかったが、ひどく屈辱的なことを言われていることだけはわかった。

「まずは、……感じさせてやれ。いい顔させせろ」

撮影用のカメラを操作しながら、俺の足の間に陣取って、信博が男たちに命じる。俺の身体に、男たちの手が伸びてきた。

「つう、ぁ」

乳首をいきなりがりっと嚙まれて、痛みに身体が跳ね上がる。

俺のその反応を見て、信博が楽しげに笑った。

「いい反応だな。おまえの乳首、少し赤くなってる。いつも、ここを誰かに可愛がってもらってるのか」

「こんなの、……やめてください。冗談になりませんから……っ!」

「ノンケを犯すと、絶望に満ちた顔をする。それがたまらない。ゾクゾクするな」

信博が俺のそこにカメラを向けながら、くくっと喉の奥で笑った。

「縮《ちぢ》こまってるじゃないかよ」

「もう、……やめて……ください……っ」

「犯されるのが怖いのか?」

——怖いに決まっている。

身体に強く力が入っていた。オーナーたちのように馴染んだ相手でも怖さがあるのだから、得体の知れない暴力的な男たちに犯されると考えただけでゾッとする。

にらみつけると、信博が俺の前髪をつかんで無理やり顔を上げさせた。

「だったら、……口でしてもらおうか」

その言葉に、耳を疑った。

「口で……」

カメラの向こうに見える信博の口元は、ニヤニヤ笑っていた。

「口で抜けたら、それ以上のことはしない。だけど、そのときのおまえの顔は、しっかり撮影させてもらうけどな」

信博は俺の胸のあたりに馬乗りになって、ズボンの前をくつろげ、半勃《はんだ》ちになったものを取り出した。それを軽くしごきながら、俺の口元に突きつけてきた。

「ほら、しゃぶりな。やり方ぐらい、わかるだろ？」

信博が持ったカメラには、さぞかし呆然とした俺のバカ面《づら》が映っているはずだ。

言葉を失った俺の顎をつかんで、信博は唇をペニスの切っ先でなぞった。

「それとも、犯されるほうがいい？」

そんな二択を突きつけられるなんて、思わなかった。

犯されることを考えたら、まだ口のほうがマシな気がする。だが、口でするのは精神的な抵抗感が大きかった。

唇に先走りの蜜を先端で塗りつけられているだけでも嫌悪感があって、全身鳥肌が立つ。

「持ってろ」

途中でカメラは、別の男に預けられた。

信博に鼻をつままれて、呼吸の苦しさにどうしようもなくなって口を開くと、口の中に信博のペニスがねじこまれてきた。

「っぐ……っ！」

そのまま後頭部を両手でかかえこまれて頭部だけ引き起こされ、ペニスを喉の奥まで突き立てられた。全く容赦のない動きと大きさに、嘔吐《えず》きそうになる。

だが、信博は抱えこんだ頭を離さない。ぐいぐいと俺に体重をかけながら、言ってきた。

「歯ァ立てるなよ。満足できるおしゃぶりができなかったら、この後、犯すからな。ここにいる全員で」

見上げた信博の顔は、見たことがないほど残忍《ざんにん》に見えた。かつてはこんな男でも、社長の遺言《ゆいごん》に従って必死になって盛り立てようとしてきた。

「……っん、……っぐ……」

顎が外れそうな痛みと吐き気のせいで、呼吸すらままならない。窒息《ちっそく》しそうな恐怖もあって、どうにかしてこの口の中の不快《ふかい》なものを吐き出したかったのだが、後頭部を強い力で抱えこまれていた。酸欠《さんけつ》で力が入らず、床に膝をついた格好で揺さぶられるばかりだ。

「どうだ？　俺の味は。男のものをしゃぶるのは、初めてか？」

信博のものが舌を圧迫しながら抜き出しされるたびに、ますます大きくなっていくのがわかる。口腔内《こうこうない》の刺激というより、他人を侮辱《ぶじょく》することに興奮《こうふん》しているのかもしれない。

何度も吐きそうになって、ボロボロと涙が溢れた。信博は撮影していた男からカメラを受け取って、腰を動かしながら俺の顔を舐めるように撮っていた。

先走りのぬるつきが口腔一杯に広がっていたが、それを飲みこみたくなくて唾液が余計に溢れた。

「っふ、ぐ……っ」

そんな扱いを受けて、今さらながらにオーナーたちが俺の身体をどれだけ丁寧に扱ってくれたのかが実感できた。

——全然、違う……。

自分たちの快感を優先するというより、俺の反応を見て、どうすれば感じるかを先回りして仕掛けてきた。嫌だと俺が口走っても、それが心の奥底からの拒絶《きょぜつ》なのか、そうではないのかを正確に見抜いていた。

――だから、……拒めなかった。オーナーたちの手は。気持ち良かった。

抱かれるたびに身も心も解放されたようになり、その甘さに耽溺《たんでき》することができた。その後には、満たされた感覚が残った。

こんなことをされているのは、オーナーたちに嘘を言って、出し抜いて一人でここにやってきた俺への罰《ばつ》のように思えてくる。

こんなふうに俺が他人に犯されたことを知ったら、オーナーたちはどう思うだろうか。そんなことをぼんやりと考えただけで、全身に震えが広がった。

オーナーたちに穢《けが》らわしいと思われ、二度と手を触れられなくなるだろうか。彼らが去っていくことを想像しただけで、信じられないほどの喪失感《そうしつかん》が広がっていく。

肉体的な悦びを覚えながらも、複数の同性と関係を持つことを、俺は心のどこかで不道徳だと拒んできた。オーナーたちとの肉体関係が断たれたら、さぞかし楽になるはずだと。だけど、今はそれが断ち切られることを想像しただけで、何かかけがえのないものを失ったような気分になる。

最初は不本意だったはずなのだ。なのに、オーナーたちのぬくもりに癒された。ここでまた一人で放り出されることになったら、今までとは比較にならないほど、寂しさと空《むな》しさを思い知らされるはずだ。

声を出そうとして、俺はひどく咳《せき》こんだ。喉の奥にからみついた粘液が、俺の呼吸を塞ぐ。

このまま犯されるしかないのかと思うと、絶望に全身が支配されていく。闇で光が失われそうになったとき、最後に頭に浮かんだのはオーナーたちの姿だった。気づけば少し引き抜かれたタイミングで、すがるようにその名を呼んでいた。

「助け……て……っ。オーナー……っ。皆さ……ん……っ」

こんなときに騙した相手の名前を呼ぶなんて、俺はおかしいのかもしれない。だけど、助けて欲しい。俺をこの悪夢から救い出して欲しい。

その声に応《こた》えるように、不意に大きな物音が響き渡った。廊下にいた人間が、一瞬動きを止める。口の中から完全に抜き取られたので、俺も懸命に音がした方向を見た。

ドアを乱暴に押し開き、近づいてきたのは瑞樹だ。

瑞樹は昨日と同じ、黒のスーツを身につけていた。シェイプされた腰のラインや長い足や、涼《すず》やかな表情が、息を呑むほど艶《あで》やかに目に飛びこんでくる。

その後に続いたのは、玲二だった。

冷ややかな表情をしていた玲二は、俺と目が合うなり柔らかく微笑んだ。そのいつにない優しげな表情がたまらず、俺はまた息を呑む。

——何で？　なんで、瑞樹さんや玲二さんが……？

まだ非現実感が消えない。必死で頭を上げてまじまじとその姿を見ていると、彼らの登場に信博たちがどよめいた。

玲二の後から、さらに現れたのはオーナーだ。

その姿に、ようやく信博が声を放った。

「何者だ！」

「おまえがオレンジカタログの社長か。私は、彼の新しい雇い主だ」

オーナーがいつになく剛胆《ごうたん》な笑みを浮かべて、信博に答える。信博はさすがにペニスを出しっぱなしにするのはどうかと思ったらしく、そそくさと隠しながらもせせら笑った。

「へえ、こいつの……？」

「ついでに、オレンジカタログの帳簿類も、表で回収させてもらったぞ」

のっそりと入ってきた今井が放った一言に、信博が浮き足立った。

オーナーたちがいきなりここに現れたのも驚きだったが、何やら事情を把握しているらしいことに、俺は驚くばかりだ。

「おまえら、……何者だ！　何で、ここに……っ！」

信博の叫びに答えたのは、またしても今井だった。

「オレンジカタログの管財人からの依頼を受けた、弁護士だよ」

——えええええ……っ！

俺の混乱はさらに増していく。

弁護士と聞こえたが、今井は悪徳ジャーナリストだったはずだ。この場をごまかすために、ハッタリを効かせているのだろうか。

今井が懐《ふところ》から何やら紙を取り出して、弁護士然とした態度で信博に見せた。

「さきほどの帳簿は、そのまま差し押さえさせてもらう。裁判所《さいばんしょ》からの令状もある」

だが、信博はそれをふてぶてしい態度で振り払った。

「帳簿などは、存在しなかった。これからも、存在しない。小火で全部焼けてしまった。……わかるだろ」

その言葉とともに、信博は男たちに合図を送った。それを待っていたらしい男たちが、それぞれ対峙していた瑞樹と玲二に殴《なぐ》りかかる。乱闘《らんとう》が始まった。優男に見える瑞樹たちのほうが圧倒的に分が悪いと思えたが、驚くほど冷静に男たちの拳を受け流し、さらに強烈な拳で迎《むか》え撃《う》っている。

――え？　強い……？　むっちゃ強い……？

黒スーツの男たちは、おそらく海外の組織の息のかかったマフィアだ。ケンカ慣れした暴力的な雰囲気が全身からにじみ出していた。だが、瑞樹たちはこともなげに彼らを数撃で倒すと、床にねじ伏せて腕をひねりあげる。さすがにそれには焦ったらしく、信博ががむしゃらに今井に殴りかかって、ぶっ飛ばされていた。

そんな彼らの活躍に息を呑んでいた俺に、近づいてきたのはオーナーだ。

「大丈夫か？」

肩をつかんで、立ち上がらされる。さらに手首の拘束《こうそく》も外された。俺はキツネに摘まれたような気分が消えないままだった。

「……元、空手部でしたっけ……」

まず俺の口から漏れたのは、そんな間抜けな一言だった。

そもそも、どうしてここがわかったのか、謎《なぞ》だった。俺はこの研修施設の場所について、嘘を言っていたはずだ。

「ああ、元空手部」

「ど……して……、……ここに……」

オーナーは俺の手首の拘束を外し終えてから、自分が着用していたコートを脱いで差し出してくれる。

「ありがとうございます。……でも、汚れちゃいます……から」

オーナーの衣服が高価なものだと知っている。得体の知れないものでべとついている俺が着ていいものとは思えない。

だが、オーナーはコートで強引に俺の身体を包みこんだ。

「いい。……着ろ」

すっぽりと包みこまれただけではなく、その上からきつく抱きしめられて息が詰まる。不意に今までの緊張《きんちょう》が解けて、泣きそうになった。

だが、どうにかその衝動を押し殺して、周囲を見回す。

すでに乱闘は決着しているようだった。

信博が引きつれてきたのは四人で、段ボールを運び出した男が他に二人いたはずだ。だが、彼らが今でも現れないのを見ると、今井やオーナーが帳簿書類を取り戻すために外で倒したのだろうか。

俺をコートの上から抱きすくめたまま、オーナーが言った。

「おまえが研修施設の住所を吐いたとき、……あんな状態だったから、嘘ではないとは思ったんだが、それでも何となく勘《かん》が働いたんだ。皆でそこに向かう途中に、ネットでその場所を確認し、所有主を確かめた。そこはオレンジカタログの持ち物ではなく、取引先の倉庫だと知って引き返したとき、店から出ていくおまえを見かけたってわけだ」

「で、尾行《びこう》したって、……ことですか」

——尾行されてるなんて、全く気づかなかった。

偽《にせ》の場所を伝えることで多少は時間稼《かせ》ぎができるだろうと思っていたが、だとしたら全て俺の行動は筒抜けだったことになる。出し抜いたつもりで、全くそうではなかった。

「ええと、……どうしようか」

気絶させた男を押さえつけながら、瑞樹がつぶやく。それに答えたのは、今井だった。

「連絡入れるわ、ここの管轄《かんかつ》に。すでに、いくつかの詐欺と暴行罪で、こいつらは手配されてるんだわ」

慣れた感じで、電話をかけ始めている今井の姿に、俺は違和感を抱く。だが、警察相手に弁護士だと名乗っているのを聞いて、俺はさすがに自分のほうが間違っていることを悟った。

今井は裏社会の人間だとばかり思っていたのだが、俺の認識のほうが根本的に間違っていたのだろうか。

「あの……、今井さんが弁護士って、……本当ですか」

俺はオーナーにおずおずと聞いてみる。オーナーは笑みを押し殺したような顔をして、俺から不意に目を逸《そ》らした。だが、こらえきれずにぶぶぶ、と笑い声が漏れている。

「ああ。……本当だ。君が何やら勘違いをしているから、面白くて訂正せずにきたが」

「……瑞樹さんは?」

俺はチラッと瑞樹を見る。見るたびにいつもドキッとさせられてきた男前だ。ＡＶ業界や芸能界に詳しすぎるから、ビデオなどの世界にどっぷり浸かっているとばかり考えていたのだが、それも

違うのだろうか。

「グリーンプロダクション、って知ってる?」

「……知ってるも何も」

紅白に出るような歌手や大物俳優が多数所属している、大手芸能プロダクションだ。

「瑞樹はそこの、二代目社長」

——えええええええええ……っ!

驚きのあまり、声が出なかった。

異様に芸能界の噂に詳しかったのは、その仕事柄だったというのか。

固まった俺の肩を、オーナーが軽く叩いた。

「玲二の正体も知りたいだろうが、通報したからすぐに警察が来るはずだ。私の車に着替えがあるから、まずはそこで着替えろ」

「玲二さんの正体は、何なんですか」

玲二の正体もすぐに知りたくてたまらない。だが、オーナーは甘く笑っただけだった。

「じきにわかる、じきに」


駆けつけてきた警察官と玲二と今井が喋っている姿を、俺やオーナーはドアを開け放した車のシートに座って見守っていた。

信博や男たちが手錠《てじょう》を掛けられて逮捕《たいほ》された後で、俺も呼ばれて偉《えら》そうな刑事に事情を尋ねられた。最初はひどく横柄《おうへい》な態度だったが、途中で今井と玲二がやってきて何か囁《ささや》いてからは、刑事がやけに彼らにぺこぺこしているような態度に、俺は違和感をぬぐいきれない。

だからこそ、自分の事情聴取《じじょうちょうしゅ》が終わって待たされている間に、オーナーにあらためて尋ねてみる。

「……玲二さん、何者なんですか」

オーナーはどこかで買ってきた缶《かん》コーヒーを、俺に差し出しながら言ってきた。

「何者だと思う？」

「警察のお偉い人ですか？」

そんな雰囲気だ。その答えに、オーナーはクスッと笑った。

「裁判官」

――えええええええ……っ！

そんなふうに考えたことはなかった。やたらと麻薬の流通に詳しくて、都内で起こっている犯罪についても熟知《じゅくち》していたから、犯罪者側の人間なのだとばかり思っていた。まさか、それを裁《さば》く立場にいるなんて、考えたこともなかった。

――でも、……言われてみれば、そうとも思える……？

どこか浮き世離れしていたし、厭世的《えんせいてき》なところがあるのは、実際の犯罪を目の当《ま》たり《あ》にしすぎていたせいだろうか。

絶句した俺の前で、オーナーは軽く肩をすくめた。

「今井も、あんな顔して弁護士なんて笑っちゃうだろ？」

俺は苦笑するしかない。

「悪徳ジャーナリストだと思ってました。書類の締め切りが、とか、書き物で肩こりって言ってるし」

「弁護士の仕事の半分ぐらいは、書類仕事のようだな。何かと作成する書類が多すぎるって」

オーナーはそう言って、軽く両手の指を組み合わせた。

「今井と玲二は、学生時代からのライバルだよ。それぞれにかなえたい夢があった。一人は罪を裁く裁判官に、もう一人は罪人を助ける弁護士になったけど、二人とも私の大切な仲間たちだ」

そのセリフが、俺の胸に染みていく。

「ええ。素敵な仲間ですね」

オーナーたち四人から、昔からの絆《きずな》のようなものを感じる。

俺もその仲間に入ることができるのだろうか。

そのとき、刑事が戻ってきた。


事情聴取が終わったらしく、俺たちはオーナーの車で帰宅することとなった。

俺が借りたレンタカーを自分で運転して帰ろうと思っていたのだが、オーナーがレンタカー会社に連絡をして、そのまま引き取ってもらうように手配してくれたようだ。

オーナーは俺を手放したくない様子で、俺も何だかオーナーと離れたくなかった。信博に暴行されたことでショックを受けていないつもりだったが、意外なほどダメージはあったのかもしれない。

玲二たちは腹が減ったの、もっと殴っておけばよかっただのとわいわい騒いでいたが、まずは謝っておかなければならないだろうと俺は腹を決めた。

後部座席の真ん中に座った姿で、俺は深々と頭を下げる。

「あの、……すみませんでした。皆さんのことを誤解してまして」

「ん？」

「誤解？」

「ああ、あれね。俺が裏ビデオ撮ってるとかいう」

したり顔で、瑞樹がうなずく。オーナーからその話はされていたらしい。

「ま、何やら正人が誤解してるのはわかってたけど。それはそれでいいよ。楽しかったから」

「おっ、……俺は、……楽しくなかったですよ。それなりに、……少しは、……悩んだんですから」

「悩むって、何を？」

玲二に尋ねられて、俺は少しうつむいた。

「その、……犯罪者まがいの人と、付き合いを続けていいのかって」

「悩んでる姿が可愛くて、誤解しているのがわかってからもそのままにしちゃったんだけどね。好きな子が俺のことで悩んでるのって、萌《も》える」

瑞樹は何もかも承知していた態度で、にこやかな笑みを絶やさない。その言葉に含まれた、「好きな子」というフレーズに、俺はドキリとさせられた。何でもないふりを装《よそお》うとしているのに、じんわりと頬が熱くなっていくのがわかる。耳まで火照ってきた。こんなチヤホヤした扱いに慣れてなくて、やたらと居心地が悪い。

そんな俺に、瑞樹は顔を寄せてきた。瑞樹からは、オーナーとは違ういい匂いがした。

「だけど、俺たちがそんなろくでなしだと思っていても、正人は他の男に犯されそうになったあのとき、俺たちの名前を呼んでくれただろ。あれは良かった。とても良かった」

「呼ぶかもしれないからって、ドアの前で皆を止めて待機していた鬼畜《きちく》はこいつだ。殺してもいいぞ、正人」

すかさず玲二が突っこむ。

「いや、……でも、あの……っ」

俺は申し訳なさで一杯だった。

研修所の場所のことで、嘘をついた。彼らの職業を激しく誤解していた。こんな俺でも、彼らは見放さずにいてくれるというのだろうか。

あらためて、深々と頭を下げずにはいられない。

「今回は、ありがとうございました。……皆さんが来てくださらなかったら、どんなことになっていたことか」

俺が犯されるのは自業自得だとしても、オレンジカタログの過去の帳簿書類も燃やされていたら、隠された財産を保全したり、信博たちの犯罪を暴くことも不可能となっていたはずだ。

そんな俺の左側に座っていた玲二は、軽くうなずいただけだった。

「気にするな。正人を助けるのは、俺たちの役目だ」

ためらいのないそんな態度に、俺は勇気を振り絞《しぼ》って聞いてみた。ずっと引っかかっていたことだ。彼らのようにいい男が、どうして俺を構うのかがわからない。

「あの、俺の、……どこがいいんですか？」

玲二はその質問に、ぴたりと動きを止めた。しばらく俺を見つめてから、考えこむように瞳を巡らす。それから、再び俺に視線を戻し、申し訳なさそうに眉を寄せた。

その表情に何かろくでもない返事をされそうで、心臓が鼓動を速めた。しばらく沈黙が流れる。その間、誰も話さない。その後で、ようやく玲二の口が動いた。

「ええと、……ノンケなところか？」

「それだけですか」

たっぷり待たされただけに、思わず声が大きくなった。

やはり、俺にはそれだけしかないのかと動揺する。だったら、いくらでも取り替えが効くのではないだろうか。

その事実に、自分でも情けないほどダメージを受ける。そんな俺の反対側で、瑞樹が我慢できなくなったように肩を震わせて笑い出した。

「そういう冗談でも、本気に取ってくれるところ。可愛くってね」

「……え？」

「正人のいいところを、挙げてみせようか。笑顔が可愛いし、気が利くし、ちょっと天然なところもいい。酔いつぶれたときに、親身になって介抱してくれる姿に、たまらなくときめく。正人に膝枕されたくて、あいつらがわざと酔ったフリしているのに気づいてる？」

「――駅で倒れてた俺を介抱してくれたときから、私はずっと君のことが好きだよ」

運転中のオーナーが、ぼそりと斬りこんできた。その言葉に、俺はハッとする。それから、じわじわと嬉しさが広がっていく。

俺はずっと一人ではなかったのだろうか。

職を失い、妻に捨てられ、子供も奪われて、孤独《こどく》だった心が潤《うるお》っていく。泣き出しそうになって言葉を失っていると、オーナーが続けた。

「ぐったりしてた私に、懸命に呼びかけてくれたのが君だ。あのときの私は君にとって、見知らぬ他人でしかなかったのに。どうでもいい相手にも、そんなふうに優しくなれる君が好きだ。……あれから深酒はやめたよ。深酒なんかしなくても、君に酔える」

「何言っちゃってるんだか、後藤《ごとう》」

くっくっと、今井が苦笑いしながら茶々を入れる。

「好きなコができたって言うから、みんなでおまえの店に見に行ったんだよな。それが、いつもの飲み会の始まり。最初はおまえのどこがいいのかわからなかったけど、帰るときにはみんな、おまえのことが気になってた」

「トイレに行った後で、おしぼりを差し出す正人の、慣れていなさそうなおずおずとした上目遣いがたまらんって、おまえ、言ってたよな、今井」

「そういう瑞樹こそ、膝に酒をこぼされて拭いてもらったときの、ノンケの手の感触が最高だって言ってただろうが」

「事実、最高だった。勃起しそうだった」

彼らの話に呆然とする。そんなふうに思われていたとは知らなかった。

何だか恥ずかしさで耳まで赤く染まり、胸がいっぱいになる。俺は膝に乗せた手に、ぐっと力をこめた。

「ありがとうございます。……俺……っ、皆さんのこと、誤解してたのに」

「ま、あながち誤解でもないけど」

「話してる内容は、昔からろくでもないし」

「前も、何回かあったよな。飲み屋で、ヤクザの幹部《かんぶ》だと思われたこと」

「正人が誤解してるって薄々察していたから、みんな、面白がってわざとそんな話してたんだろ」

「ガキか」

「おまえも、そのガキの一人」

車のあちこちから返事が戻ってくる。

それを受けて、玲二がボソリと告げた。

「ま、何はともあれ、オレンジカタログの件については、計画倒産に加えて、意図的な資産隠し、おそらく税金もごまかしているだろうから、そのあたりを追及して金銭的に社長を丸裸にする。それから、密輸《みつゆ》に関与していたところまで、暴いてみたいな」

「……裁判官がそんなふうに、事件に関与していいんですか？」

玲二の職業を聞くと、やはりそんなことが気にかかってくる。

尋ねると、玲二はすうっと目を細めた。苦笑なのか、悲しみなのか、何だか捕らえがたい表情を浮かべる。

「ダメだよ、本当は一切関わっちゃダメなんだ。……だからこそ、関わりたくなるんだけどね」

「バレたら、身の破滅。そんなスリルに酔ってるんだよな、玲二は」

瑞樹が混ぜっ返すようにつぶやいたが、それ以上の深い理由がどこかに潜《ひそ》んでいる気がした。彼らはそのことを知っている。知っていて、何も言わない。

彼らのそんなつながりを、うらやましく思った。

車はそのまま、都内に向けて走っていく。


「——っ……！」

熱く柔らかくなった襞を押し広げてひたすらそこで動き続けているのは、複雑な動きをするバイブだ。

研修施設の場所について嘘をついたお仕置きと、助けてくれたお礼に、うっかり「何でもします」なんて口走ってしまったせいだった。

今日はあの事件から一ヶ月目となる、VIPルームでの会合だ。

その間、オレンジカタログについての捜査《そうさ》は、着々と進行していた。国際的な武器・麻薬取引がからんでいるということで、相手国もからんだ国際的な捜査となっているそうだ。

俺たちが関わったのは、その入口に過ぎない。まだまだ捜査は進行中で、言えないことも多いらしく、今井がぼんやりとした進捗《しんちょく》具合を教えてくれるばかりだ。

——ま、いずれわかるだろうし。ちゃんと、捜査してくれてるのはわかるから。

まだ大きなニュースにはなっていなかったが、今後、オレンジカタログの評判が泥《どろ》にまみれることだけが悔《くや》しかった。倒産してしまった会社だが、創業者社長が大切に育て、俺たち従業員もももり立ててきた会社だ。

——だけど、……まぁ、こういうものなんだろうな。

隠し財産は保全できたということなので、いずれ債権者への分配がなされるだろう。不正に関与した人たちも、それなりの報いを受けることになるはずだ。

俺はたまに送られてくる娘の写真にデレデレしながら、オーナーの店でバーテンダーを続けていた。

オーナーたちとの関係も、依然として続いていた。

「……っふ」

だが、バイブの張り出した先端に感じるところを抉られて、濡れきった声が漏れる。

信博や男たちに組み敷かれたときには、嫌悪感しかなかった。だが、馴染んだ男たちが相手だと、こんなものを使われていても身体が熱くなって仕方がない。

前回は事件の後始末で会合は開かれなかったから、今回は一ヶ月ぶりだ。その身体を時間をかけて嬲《なぶ》られ、『お仕置き』されている。

なかなか生身のものを入れてもらえないまま、瑞樹が持ってきた高性能バイブを深くまでくわえこまされた状態で手首を縛られ、まずは四人のものを口で抜かされた。俺が研修施設の場所について嘘を言わなかったら、あんな男に口を使われなかったから、というのがその理由らしい。

何でもすると口走ってしまった以上、俺はそれに従う以外になかった。さらに乳首にも、おもりのついたクリップを装着された。身じろぐたびに、乳首を不規則に引っ張られる形となる。

「ン、……っん、ん……」

途中で顎が痛くだるくなり、中で蠢き続けるバイブの振動のほうにばかり意識が向けられるようになる。ものすごく高性能で、ピストンするような淫らな動きに耐えず感じさせられるのに、機械的な動きだけではどうしても達することができない。腰が溶け落ちそうな快感に焦らされながらも、俺は必死になって四人のものをくわえこむしかない。乳首にも耐えず刺激が走って、何度も息を呑まなければならなかった。

今日は玲二が最後だった。玲二のを射精させることができないと、きっとこのバイブを抜いてもらえない。そんなふうに、身体で理解できていた。深い位置を掻き回すバイブの動きに耐えかねて淫らに腰を振りながら、必死になってくわえこむしかない。

だが、長く続いた口淫《こういん》と、感じきっているせいで、まともに奉仕できなかった。

それでもイかせるためにはより刺激を送りこまなければならないとわかっていて、俺は何度も吐きそうになりながらも、俺の前に立ちはだかった玲二の前に跪《ひざまず》き、喉の奥にねじこむようにペニスを受け入れていく。吐きそうになって嘔吐《えず》くと、その喉の動きが良かったのか、玲二が俺の頭を抱えこみながら尋ねてきた。

「ここ、……もっとやってもいい？」

俺は涙のにじむ目を向けた。長時間に亘《わた》って射精できずにいたせいで、頭の中がぼうっとしている。どうとでもしてほしい感覚に満たされながらもうなずくと、頭を固定されて切っ先を狭い喉の奥にこすりつけられた。

「っぐ、……っぁ……っ」

苦しいのに、気持ちがいい。

そんな状態を玲二は読み取っているらしくて、腰をガンガンと動かして喉の奥まで淫らな動きを与えてくる。苦しい息の元で、俺のほうからもくわえこんでいった。喉の奥に擦りつけられるたびにぞくりと身体が震え、バイブを締めつけてしまう。早くこの人工物を抜いて、誰かの熱いペニスで満たされたいという欲望ばかりが頭を占めるようになっていく。

玲二が動くたびに、乳首にも淫らな刺激が走った。

「っふ……！」

玲二のイク予兆《よちょう》の脈打ちを唇で感じた後で、口の中でそれが爆発するのがわかった。喉の奥に出されたそれを、そのまま飲み下す。完全に玲二たちに犯されることへの嫌悪感はなくなっていた。だからからなのか、精液が自分を狂わす媚薬《びやく》のようにさえ感じられた。

そんな俺の息が整う間もなく、身体に手を伸ばしてきたのは、瑞樹とオーナーだった。

「時間かかったね。もっと早く抜けるかと思ったけど」

「まぁ、こんなもんだろう。だが、時間がかかったせいで、ひどく苦しそうだな」

「早く、正人もイかせてあげないと」

瑞樹の手で、長い時間俺を狂わせてきたバイブが抜き出される。長時間、それに掻き回されていた襞がひどく熱く、溶け落ちそうになっていた。それを抜かれる動きだけでも、ぞくりと身体が痺れていく。抜かれるなりそこに何かが欲しくて、ひくつかせてしまう。

「ここ、……どうして欲しい？」

瑞樹が落ちそうな俺の腰を、背後から抱えこんで支えながら尋ねてきた。自分からねだるような恥ずかしいことは言いたくないと思いながらも、ぞくぞくとして身体が震え、期待に鼓動が高まる。

今日は瑞樹からだと知っていた。

「……っ、……そこに……っ、早く、……入れ…て……」

上擦るような声で言った途端、耳まで真っ赤に灼けた。だが、焦らされているほどの余裕は俺にはなかった。その言葉に応えてとろとろになった部分に瑞樹のものが押し当てられただけで、早く引きこもうと襞がひくんと締まってしまう。

「っうぁ、……っぁ、あ、あ、あ……っ」

入口をその大きなものでぐりっと押し広げられただけで、あまりの悦楽に目が眩みそうだった。さらに大きく抉られると頭の中まで甘くかすんで、押し広げられる感覚ばかりに全てが集中していく。

溶けきった柔らかな襞にそのゴツゴツしたものを一気に押しこまれて、強烈な刺激が走った。

「あ、……ッイク、……イっちゃ……っ」

絶頂の前兆《ぜんちょう》に、全身が小刻《こきざ》みに震え始める。押しこんだものをゆっくりと引き抜かれ、引き止めようと締めつける襞にぱしっと叩きこまれて、きつく締めつけてしまう。それから大きく動かされると、後はただイクことしか考えられなかった。

「……イク？」

瑞樹に背後から乳首のクリップを両方ともつかまれて、おもりを大きく揺らすように指を使われると、ガクガクと身体が揺れた。もはや何も考えられないまま、うなずくしかない。途端に、瑞樹の動きが激しくなる。

「先にイっても、俺が終わるまで付き合ってもらうけどね」

そんな言葉とともに、鋭い突きを受ける。その動きを受け止めるたびに、みち、と体内に詰めこまれる肉棒の熱さと硬さを実感させられる。その刺激を受け、俺は一突きごとに絶頂まで押し上げられていく。

「っぁ、……ん、……っぁ、あ、あ……っひあ、……っ、あ、……ぁ、あ、あ、あ」

イった直後に動かされるのはつらいから瑞樹と一緒に達したいと思ったが、もはやこの状態で自分で制御することは不可能だった。

乳首のクリップをバチンと外され、そのときに走った頭が吹き飛ぶほどの悦楽とともに、ずっと我慢していたものを吐き出す。

「ひぁ、……っぁ、……んぁ、……っぁ、あ、あ……っ」

だが、まだ中の痙攣と余韻が去らないうちに、瑞樹が続けて動き出した。

「ッうぁ！　まだ、……待って……ッン、ン……っ」

力の入らない中を深々と抉られ、それが刺激となってさらに精液が溢れた。敏感になった部分をなおも刺激されて、声が止まらなくなる。

「っや、……ぁ、あああ、あ……っあ……っ」

いくら背後から支えられていても、まともに身体を支えられなくなった俺の身体は仰向《あおむ》けに組み敷かれた。そうされるのを待っていたようにオーナーに顔をつかまれて、唇を塞がれる。口の中で暴れ回るオーナーの舌の動きを受け止めながら、瑞樹のものが体内で激しく蠢くのを感じていた。

「ツン、……っ」

全身がドロドロに溶けていた。そんな中で感じるのは、これが肉欲だけではないということだ。

——満たされてる……。

狂おしいほど、求められている。

すぐそばにあるオーナーの顔や、俺を深くまで満たす瑞樹の動きが、何かを俺の心に与えてくれる。一人ではないのだと、思わせる。

クリップを外されたばかりの乳首を撫でる指の動きや、体内の性器の動きを感じ取っただけで、快感と羞恥心《しゅうちしん》に頭がクラクラしてくる。

——どうとでも、……して欲しい。

瑞樹に抉られるたびに、小さくイっているような感覚がある。

巧みな愛撫に、どこまでも堕《お》ちていく。


「……ツン」

小さなうめきとともに、瑞樹がイったのがわかった。

その強烈な悦楽が落ち着くまで、俺も瑞樹も動けなかった。だけど、息が整う前に近づいてきた今井によって、俺は足をつかんで少し引きずられた。

「っん……っ」

あらためて今井に組み敷かれても、なすがままにされるしかなかった。まだぱっくりと開いたままのような感覚がある身体の奥にあらためて押しこまれて、ぞくっと震えが広がる。

「っんぁ……っ！」

「おい、次は私が……」

オーナーが今井に文句を言っているのがわかる。俺にはもう何が何だかわからなかったが、くじを引いた順番としてはオーナーが先なのだろうか。

「悪かったな。見てたら、たまんなくなって。今日は俺に譲《ゆず》れ」

「譲れない」

「だったら、一緒に入れる？」

今井は悪びれる様子もなく、俺を貫いたまま仰向けに床に転がる。貫いた俺を身体の上に乗せる形で、オーナーを誘《さそ》った。

「こいよ。……二本入れてみようぜ」

その言葉に、びくりと俺の肩が震えた。何をどこに二本いれるつもりなのか、わからない。今井のものだけで、中はミチミチだ。

今井に入れられたまま、俺はオーナーに尻を向ける形になっていた。だが、何だか不穏な空気だけは感じ取った。

「何……を……」

だけど、礼とお詫びに何をしてもいいと言ってしまった言葉が、俺を縛っていた。オーナーが俺の腰を背後から抱えこんだだけで、ビクンと腰が震える。そんな俺の姿に、オーナーは何かを煽られたらしい。何をされるかわからないというのに、言ってくる。

「試してみるか？　無理だったら、すぐに抜くから」

「何を……ですか？」

今井もオーナーもその質問には答えず、今井が何やら腰の位置を微調整する。それによって、俺の身体が新たな熱を帯びていく。

そのとき、俺の腰をオーナーが背後からつかんだ。

「力、抜いて。深呼吸して。……いい？」

そんな言葉とともに、みち、と入口が押し開かれ、オーナーが自分のものを押しこんできたのがわかった。そのありえない状況に、俺はパニックに陥りそうになる。だが、ゆっくりと入れられているせいなのか、押し開かれるたびにギリギリの快感に襞がざわめき、絡みついていくのがわかった。

こんな辛い状態でも、身体が奥のほうから欲しがるようにひくついてしまう。

「……っぁ、……っぁ、あ……ぁ……っ」

これ以上のことをされたらダメだ。身体も心もおかしくなる。日常に戻れなくなる。そんなふうに思っているというのに、ゆっくりとオーナーのものが深くまで侵入してくるにつれて、その充溢《じゅういつ》感《かん》や密着した二人の身体の感触に、血が沸《わ》き立っていく。

オーナーのものが中に少しずつはいってくるたびに、目の前で火花が散った。今井にべったりと体重を預けることしかできずに二本の大きさに耐えていると、肩をつかまれて上体を少し起こされ、乳首をちゅうと吸われる。

「うぁ、……っぁ、あ……っ」

身体を限界まで開かれている苦しさに、呼吸すらままならない。反対側の乳首はオーナーが後ろから手を回して、少し乱暴にまさぐられるのがたまらなかった。

「食いちぎられそうだな」

低く今井がつぶやき、オーナーが俺の腰をつかんで少し入れ直す。

「つうぁ、ふ、きつ……っ」

「だけど、気持ち良くもあるんだろ？」

今井が俺の尖った乳首を、べろべろと淫らに転がした。ゆっくりと動き始めた今井の動きに合わせて、オーナーも背後から俺を抉りあげていく。

「っひ……っ、……死ぬ……っ」

「大丈夫」

「……しかし、……さすがに、……おまえのと擦り合うのは、……気持ち悪い……」

オーナーの言葉を、今井が軽くうながす。

「まぁ、せいぜい正人の感覚に集中しとけよ」

二人の動きが、少しずつ同調していく。

「っん、……っん、ん……っ」

そのたびに、襞のいたるところがひどく刺激された。

少しでも楽に受け入れたくて、懸命にもがいてみたが、それによって余計な刺激が増しただけだった。次第に二人の動きが、なめらかになっていく。

「っん、ん、ん……っ」

大きく動かれると、奥の奥まで開かれる感じが凄かった。ただ入れられているだけでもキツいのに、前立腺まで刺激されて、恍惚《こうこつ》とした感覚に全てが支配されている。

乳首を弄られるとじっとしていられなくて、襞がきゅっ、きゅっと収縮《しゅうしゅく》した。

「っん、……ふ……ぁ、あ、あ……っ」

「上下、逆にするか？」

もうこのままイク、と思っていたのに、途中で今井がそんな提案をしたために、中途半端《ちゅうとはんぱ》なままもてあそばれる。挿入されたまま俺の身体が動かされ、今度はオーナーが下になった。

その間にも入れられたままのものが不規則に思いがけない位置を突き上げるから、そのたびに息を呑んで、ぞくぞくする刺激をやりすごさなければならなかった。

手首の拘束を解かれ、オーナーに正面から抱きつく姿にされて腰を背後から今井に抱え上げられた。二本のペニスが深い位置まで入れ直されただけで、ぞくんと背筋を悦楽が貫いた。今までとは、また違った部分を刺激されていた。

「ひぁ、……ぁ、あ、あ……っ」

ひどく中が痙攣している。その状態の襞をさらに激しく突き上げられると、訳がわからなくなる。

すでに、どこもかしこもおかしくなっていた。

乳首をなぞられただけでもイってしまいそうになるぐらい、全身の感覚が研《と》ぎ澄《す》まされていた。赤く腫《は》れたような乳首をくりくりと指先で転がされながら深くまで突っこまれると、意識が飛びそうになる。すでに涎は垂れ流しだ。

「つぐぁ、ぁ、ぁ……っ」

いくら前に逃げて浅くしようとしても、深々と俺を貫く二本の楔がそれを許してはくれなかった。腰をつかまれて引き寄せられながら、今井が深いところにペニスを叩きこんだ。

「ぁあ、……っぁ……っ！」

二本のペニスが、ランダムに俺の身体を抉る。

抜き差しされる切っ先が襞を抉り、こそげるように抜けていくと、悦楽のあまり意識が一瞬遠のくほどだった。

だが、それを現実に引き戻すのは、やはり俺の体内を掻き回す二本の肉棒だ。

「ふぁ……っ」

ぐいっとさらに腰を送りこまれ、絶頂に向けた動きへと切り替わっていくのがわかった。

「ひぁあ、あ、あ……っ」

動きは激しくない。それでも、擦れる感覚が凄くて、身体が内側から崩壊《ほうかい》しそうになる。何が何だかわからないままあえぎ続けたあげくに、電撃《でんげき》のような悦楽が全身を貫いた。

「っひぁ！」

悲鳴を上げた瞬間、さらに同じ場所を自分で擦り上げる形となる。それには耐えようがなくて身体がきゅうっと収縮した後で、ガクガクと腰を揺らしながら、絶頂に達するのがわかった。

「つぁ、……っ、あ、あ、あ、あ……っ、イク……っ」

射精しながら、体内にあるものをぎゅうぎゅうと締めつける。

その身体の奥に続けざまにぶちまけられ、その熱さに灼かれて、かつてないほどの極《きわ》みまで到達した。

その後も、どれだけ四人に犯されたのかわからない。

ただ髪を撫でられただけでも、ペニスの先からとろとろと精液を流してしまうほど極限な状態まで追いやられた。そんな身体を四人にひたすら舐められ続けて、気絶しそうになって喘ぐ。

「……も、……無理……です……から……」

ペニスには瑞樹が、乳首をオーナーと今井が、さらに唇を玲二に占領されている。

俺が反応を見せる部分を全身余すことなく舐め回され、体内にも指を入れられて、たっぷりと注ぎこまれたものを掻き出すように指を使われていた。

「っぁ、……っは、……ン、ん……っ」

四人とも、俺の感じるところを知りつくしている。だからこそ、的確な強さと淫らさでそこを舐めずられると、なおも身体がひくついてならない。

「あ、……ぁ、あ、……っ、また……イク……っ」

のけぞると乳首を舌先で舐めまわされ、軽く歯を立てられて、ちゅくちゅくと吸われる。くすぐったさと毛穴がそそけ立つような快感に、また射精感が刺激されて、腰のあたりで渦巻く。

瑞樹の唇が蜜に濡れるペニスから離れ、その根元や袋のほうへと移動していった。足の付け根や、感じるとは思えない場所を舌先で刺激されても、身体をよじらせることしかできない。

瑞樹の舌の感覚に集中しようとすると乳首を噛まれ、さらにツンと尖った乳首を吸われて、身も

だえしたくなるような感覚に腰が揺れる。たまらなく全身に送り続けられる快感に膝が震え、身体の内側がまたジンジンしてきた。

さんざん突っこまれた後だというのに、新たに欲しくなるような感覚を覚える自分に戸惑う。だが、中の精液を掻き出した指が抜けていく感覚に、引き止めるように中に力がこもってしまう。途端に襞に指先を引っかけられて、痺れるような快感にビクンと腰が跳ね上がった。

「どうした？　そろそろ、また欲しいのか？」

心を見抜いたように、オーナーに見つめられる。

もうクタクタだった。泥のような眠りに落ちたいのに、乳首を今井に少しキツめに囓《かじ》られると、肌が粟立《あわだ》つ。終わりにして欲しいと言おうとしても、唇から漏れるのは甘い吐息でしかなかった。

「あの……」

それでも欲しがる気持ちをなかなか言葉にできずにいると、オーナーに唇を指でなぞられた。

「欲しがるのは、悪いことじゃない。……私は、……私たちは、すごくおまえを欲しがってる」

その甘ったるい声の響きに、身体が芯のほうから疼いた。

――オーナーたちは、……欲しがってる……。

だったら、俺が欲しいと思うのも自然な心の動きなのだろうか。オーナーたちなら、何をされても感じるのは。自分の身体が信じられないほど甘く溶けて、触れられるだけでもイきそうになる。

「……っ」

――ずっと、一緒にいて……ください。

心の中だけでつぶやいた。まだ言葉には出せない。だけど、彼らになら受け止めてもらえる気がした。いつか、伝えられる日が来るだろうか。

だけど、そんな俺の気持ちが伝わったかのように、オーナーが言葉を重ねた。

「誰にも渡さない」

唇を奪われ、深くまで舌をからめとられた。舐め溶かされた身体の熱を落ち着かせたくて、俺のほうから足をからめていく。その身体の奥に、熱を帯びたオーナーのものが押しつけられ、貫かれようとしているのを感じ取る。

「——っ……！」

この直後にやってくる衝動に備えて、俺は深く息を吐き出す。

またつながりたかった。深く、魂《たましい》の奥底まで——。

あとがき

この度は、5Pな本を手に取っていただきまして、本当にありがとうございます……！

5Pです。受のお相手は四人です。いつかは書きたいと思っていた5Pを、今回ついに書くことが出来ました！　このページ数の中に限界までみっちみちに詰めこみましたので、楽しんでいただければ幸いです……！

ってことで、今回は平凡な三十過ぎ子持ち男が、職場をクビになって離婚された後のハローワーク通いの末にようやく見つけたバーテンのお仕事先で、幸せを見つける話です。お相手は受の職場のオーナーはじめ、オーナーの学生時代の同級生だった四人の美男です。

5Pなので受の身体が持つかどうかがいろいろと心配なのですが、何か私、終わったあともしつこく動かされるパターンが大好きで、5Pだと終わった後もしつこく動かせるので、もう楽しくて楽しくて、そればかり書いてしまいました……。皆様がそれでお腹いっぱいになってるのを悟りつつも、さらに喉の奥まで詰めこんじゃうぜ。あ。乳首もいつものように。乳首大切乳首大切。

そして、お礼を。このお話に素敵なイラストをいただいた奈良千春《ならちはる》先生。どのキャラも倒れそうなほど素敵に個性的に描いていただいて、ひたすらうっとりするばかりです。本当にありがとうございました……！　エロスエロス！

いろいろと素敵なヒントと助言をいただいた担当さんにも、心からの感謝を。

何より、これを読んでくださった皆様、ありがとうございました。ご意見ご感想など、よろしければお気軽にお寄せください。また5Pが書けるといいです……！

Lovers Label

VIPルーム～魅惑の五角関係～

ラヴァーズ文庫をお買い上げいただきありがとうございます。
この作品を読んでのご意見・ご感想をお聞かせください。
あて先は下記の通りです。

〒102−0072
東京都千代田区飯田橋2-7-3
(株)竹書房 ラヴァーズ文庫編集部
バーバラ片桐先生係
奈良千春先生係

2014年12月2日
初版第1刷発行

●著　者
バーバラ片桐 ©BARBARA KATAGIRI
●イラスト
奈良千春 ©CHIHARU NARA

●発行者　後藤明信
●発行所　株式会社　竹書房
〒102−0072
東京都千代田区飯田橋2-7-3
電話　03(3264)1576(代表)
　　　03(3234)6246(編集部)
振替　00170-2-179210
●ホームページ
http://bl.takeshobo.co.jp/

●印刷所　共同印刷株式会社
●本文デザイン　Creative·Sano·Japan

ISBN 978-4-8019-0068-4 C 0193

本作品の内容は全てフィクションです
実在の人物、団体、事件などにはいっさい関係ありません

ラヴァーズ文庫

バーバラ片桐《かたぎり》の本

illustration 奈良千春《ならちはる》

好・評・発・売・中・!!

「摩天楼《まてんろう》の鳥籠《とりかご》」

謎を秘めたその身体を、
余すところなく暴いてみせる。

「愛憎連鎖《あいぞうれんさ》」

飴《あに》と鞭《おとうと》——…。
「俺たちの言う事を聞くよね?」

「ジェラシーの囁《ささや》き」

先に裏切ったのは、どっちだ。

「嘘《うそ》と弾丸《だんがん》」～真実と生贄完結編～

交渉人、お前にならば命をやるよ。
お前と真実だけが、
俺を救ってくれる…。

「真実《しんじつ》と生贄《いけにえ》」

破壊と防御の心理戦!!

「交渉人、弄ばれる気分はどうだ?」

「愛讐《あいしゅう》の虜《とりこ》」

耐えれば耐えるほど
快感は強くなる。お前の
限界を試してみようか——…。

「愛炎《あいえん》の檻《おり》」

俺を裏切った罪。
白状しないなら閉じ込めて、
その身体に聞くまでだ…。